# 나의 꿈, 사랑나무

# 나의 꿈, 사랑나무

1쇄 발행    2022년  6월 20일

지은이      이윤로
발행인      이선우
펴낸곳      도서출판 선우미디어
            등록 | 1997. 8. 7 제305-2014-000020
            02643 서울시 동대문구 장한로12길 40, 101동 203호
            ☎ 2272-3351, 3352 팩스: 2272-5540
            sunwoome@hanmail.net
            Printed in Korea ⓒ 2022. 이윤로

값 15,000원

ISBN 978-89-5658-701-1 03810

# 나의 꿈, 사랑나무

## 이윤로 수필집

선우<sup>sunwoomedia</sup>미디어

나의 꿈, 사랑나무

프롤로그

# 기적의 연속

인간의 탄생이 기적이듯 인생 여정도 기적의 연속이다. 오늘 아침 일어나 심호흡하며 새로운 날을 계획하는 것도 마찬가지다. 지구상에 수많은 사람이 오늘을 못보고 저 세상으로 갔을 것이기 때문이다.

이번 자전적 수필이 나오는데도 알 수 없는 이끌림이 있었다. 생명이 기적이라면 죽음은 자연의 순리다. 회갑 날 축하 화분을 받고 지난날을 되돌아보며 미래를 설계하던 중, 선교와 어려운 사람을 돕는 '사랑나무재단'에 대한 구체적인 계획을 세우게 되었다. 그 꿈이 점차 현실화되면서 주위에 남길 말을 생각해 보았다.

그러던 중 금년 초 친구들 수필방모임에 초대를 받았다. 평소 문학에 관심은 있었지만 수필 쓴다는 것은 엄두도 못낸 나에게 그 곳 분위기가 신선한 충격으로 다가왔다. 수필방친구의 조언으로 수필을 써보려는 마음이 생겼고 한번 붓을 드니 글 쓰는 것이 낯설지 않았다.

어디서 와서 어디로 가는가? 누구나 한번쯤 생각해보듯 나도 같은 질문을 던진다. 전에는 막연한 질문이었는데 수필을 쓰다 보니 어떤 보이지 않는 손이 내 길을 인도했음을 느낀다. 중학교 때 어머님 따라간 교회에서 만났던 하나님은 그때부터 나를 통하여 '사랑나무재단'을 계획하였던 것인지. 수많은 고통과 눈물과 지옥 같은 상황을 경험케 하면서 '재물을 줄 터이니 헐벗고, 가난하고 고통 받는 이웃에게 사랑을 베풀어라' 하고 명령하신 것일까?

이번에 쓴 거의 모든 수필에서 보이지 않는 손이 작용한 흔적을 보았다. 롤러코스트 탄 것 같은 삶을 살았고, 굴곡이 많은 고비마다 내 능력을 뛰어넘는 절대자의 도움이 필요했다. 그래서 기도했고 성경을 묵상하며 신앙심이 깊어짐에 따라 예수님 사랑을 느끼게 되었다.

『나의 꿈, 사랑나무』는 신께서 인도하신 나의 인생 여정에 대한 자전적 수필이다. 그 정점에 '사랑나무재단'이 있고, 보이지 않는 손의 돌보심으로 재단이 설립될 것이라는 확고한 신념이 있다. 이 책은 천년 동안 이어갈 사랑나무재단에 대한 나의 후손들의 미래를 상상하며 그 꿈을 실현시킬 비전과 내용을 담았다.

이 책에는 1990년대 세무사고시회 회장과 세무사회 부회장시절 한국국세신문에 투고했던 글 중 20여 편의 글을 재구성하고 가다듬은 수필도 포함되어 있다. 그 당시 신문사의 요청으로 게재했던 것이 오늘에 큰 도움이 될 줄은 꿈에도 몰랐다.

작품 해설을 써준 조재은 선생님께 무한 감사드린다. 또한 표지를 그려주신 황영애 선생님과 출판사 이선우 사장님께도 고마움을 느낀다. 수필방친구들 그리고 아내를 비롯한 온 가족들, 특히 중앙 도서관에서 한국국세신문 연재물을 발췌하여 메일로 보내준 큰며느리의 도움이 컸다. 아내를 비롯한 삼 남매의 도움 없이는 이 책은 세상에 나올 수 없었다. 후손들이 사랑나무재단을 세계적인 재단으로 키우도록 믿음을 지키며 기도하리라.

2022년 5월
이윤로

# 목차

# I

## 뜨거운 '아이스케키'

신은
최근에 와서야 심한 고통과
많은 눈물과 깊은 생각을 하게 하여
나를 단련시킴으로써
46년 전 예비해 두었던
'아이스케키'를 통하여 말하고 있었다.
"지금 네가 쥐고 있는
막대기의 아이스케키를
어디로 보내느냐?"라고.
이제 나에게 주어진 많은 것들이
나 혼자 쓰라는 것이 아니라는 것을
알게 되었다.

# 뜨거운 '아이스케키'

무더운 불볕더위가 연일 계속되고 있었다. 거리를 오가는 사람들의 표정에서 목마름이 느껴진다. 내가 거래처를 방문할 때 "너무 덥구먼. 비라도 한차례 와야 할 텐데."라고 말하는 사람이 많았다. 그러다가 아이스크림 파티를 하는 거래처에 이르렀다. 나는 아이스케키를 입에 넣고 일 순간이지만 목마름을 해소했다. 그것을 먹을 때면 가끔 소년 시절 기차 안에서 경험했던 장면이 떠오른다.

그때 나는 즐거운 여름방학을 맞아 고향을 향해 달려가고 있었다. 당시 교통수단으로는 폐차 직전의 버스와 기차가 있었는데 나는 기차를 선호했다. 왜냐하면, 털털거리는 버스를 타고 비포장도로를 달리다 보면 영락없이 차멀미를 했기 때문이다. 그날도 기차에 몸을 싣고 고향 가는 꿈에 젖어있었다. 햇볕이 쨍쨍 내리쬐는 여름날 승객들로 빼곡히 들어찬 기차, 냉방시설이 없는 차 안의 열기는 대단했다.

좌석도 잡지 못하고 비좁은 통로에 서서 차창 밖을 응시하다가 땀을 씻으려 뒤척이던 나의 시선에 꽂히는 곳이 있었다. "시원하고 달콤한 아이스케키, 아이스케키"하고 아이스크림 장수가 지나가자 불난 집에 부채질하듯 목은 타오르는데 건너편에 앉아 있는 아저씨의 손에 든 아이스케키가 크게 클로즈업되면서 눈앞에 다가왔다. 나는 그것을 살만한 돈이 없었고, 있었다 하더라도 책을 사야 하는 돈임으로 목이 타는 것을 참고 있으려니 목구멍이 뜨거워지는 것 같았다.

그런데 앞에 앉은 아저씨의 손에 든 아이스케키는 먹다가 지쳐서인지 녹아 방울방울 떨어져 기차 바닥을 적시고 있는 것이 아닌가, 그 순간 나의 입은 벌써 그 흘러내리는 얼음 방울을 받아먹을 태세였다. 입안에는 그것을 소화시키고도 남을 많은 양의 침이 고여 있었다. 그러나 몸은 움직여지지 않았다. 입도 움직여지지 않았다. 아이스케키에 시선을 붙잡힌 채 꼼짝 못 하는 사이 그 아까운 것은 목 타는 사람을 외면한 채 한 방울 한 방울 녹아내려 막대기만 남기고 있었다. 나는 입안에 가득 찬 군침을 꿀꺽 삼키고 시선을 다시 창밖으로 돌렸다. 그 이후 그때처럼 간절하게 아이스케키를 먹고 싶다는 욕망을 느껴 본 일이 없었다.

그 후 나는 여러 장소에서 기차 속의 어린 소년이었던 나를 수없이 보았다. 그때마다 그 시절 겪었던 쓰라린 경험이 떠올라 일부러 눈을 감곤 했다. 보고도 못 본 체할 뿐 아니라 보고 싶지도 않은 마음이 강했다. 그러기를 40여 년 동안 나에게 주어진 부와 명예 권세는 나만을 위한 것인 줄 알았다.

그러나 신은 최근에 와서야 심한 고통과 많은 눈물과 깊은 생각을 하게 하여 나를 단련시킴으로써 46년 전 예비해 두었던 '아이스케키'를 통하여 말하고 있었다. "지금 네가 쥐고 있는 막대기의 아이스케키를 어디로 보내느냐?"라고. 이제 나에게 주어진 많은 것들이 나 혼자 쓰라는 것이 아니라는 것을 알게 되었다. 이제부턴 새로운 깨달음을 실천에 옮기는 일만 남았다. 그러기 위해 나는 더 많은 일을 할 것이고 그런 나의 앞길을 신은 인도할 것이라 믿는다.

# 그와 나의 청춘

　Y는 가고 추억만 남은 '그와 나의 청춘'.

　세월과 가슴이 푸르던 시절 그와 맺은 우정은 우리가 영산포에서 검찰사무직 시험을 보기로 약속한 20대 청년 시절부터다. 앞서거니 뒤서거니 서울에 정착한 후 그가 저세상으로 떠나기까지 영혼으로 통하며 우정으로 연결된 친구. 수개월 전 맛있는 음식을 사주고 싶었으나 거동이 불편하여 그가 사는 아파트 단지 내 돼지갈비 음식점에서 고작 소주 한 병으로 셋이서 흡족하게 먹었다. 친구는 젊을 때부터 술이라면 사양하지 않는 고주망태였는데 음식 먹는 것마저 힘겨워하는 것을 보니 마음이 아팠다. 불과 50여 미터 남짓한 집까지 혼자 걸어가기 어려워, 부축하며 야윈 손을 붙잡자 "너는 아직도 쌩쌩한데 나는⋯⋯." 말끝을 흐리며 눈가에 이슬이 보였던 그의 잔상이 아직도 선하다. 그는 자기의 앞날을 예견했나 보다.

　서울에 올라와 처음 자리 잡았다는 조그만 빌라 4층 문 앞까지 바래다주고 돌아서는 발걸음이 무거웠다. 내 마음이 그 집 문 앞을 떠나지 못해 속으로 친구 이름을 부르는 것으로 인사를 대신했다. 그 후 연락이 두절되어 전화도 받지 않고 병원에 입원하면서 소식도 없었다. 이제 그는 가고 추억만 남았다.

청춘, 가슴 시린 말이다.

만질 수도 없을 만큼 소중한 것인데 아카시아 향기처럼 진한 아쉬움만 남긴 채, 도망치듯 영산강 강물 따라 덧없이 흘러가 버린 시간.

Y와 나는 꿈 많던 시절 영산포에서 3년여 동안 함께 보냈다. 교직을 떠나려는 우리들의 생각과 꿈이 같아서인지 바늘 가는데 실 가듯 좁은 시골 바닥에 소문날 정도로 항상 같이 붙어 다녔다. 탁구를 치거나 당구도 배우며 때로는 아카시아 숲속 옹달샘 주막에 빠지기도 하였다. 그즈음 우리와 비슷한 또래 여선생 두 사람이 나타났다. 영산포 인근 학교에 근무하는 교대 후배였고 서로 친해지면서 넷이 가끔 어울렸다. 햇빛 좋은 날에는 강변 언덕에서, 달 밝은 밤에는 강가 나지막한 산기슭에서 그 당시 유행하던 안다성의 '사랑이 메아리칠 때'를 불렀다.

"♬ 바람이 불면 산 위에 올라 노래를 부르리라 그대 창까지. 달 밝은 밤에 호수에 나가 가만히 말하리라. 못 잊는다고 못 잊는다고~"

나주곰탕을 먹으며 가끔 만나다 보니 좋은 감정을 갖게 되었으나 노래로 마음만 전할 뿐 행동으로 옮기지 못하고 세월만 흘러갔다.

그들 앞에만 서면 왜 그렇게 작아지는지, 차마 말을 꺼내지 못하고 어쩌다 심중에 있는 말을 한다면서 엉뚱한 표현으로 분위기를 흐려 놓는 참으로 멋있고 소심한 청춘. 그런 면에서 Y도 나와 같았다.

Y에게는 가슴 아픈 사연이 있었다.

어느 날 우리 학교에 귀부인 같은 여선생이 Y가 전에 근무했던 학교에서 새로 부임했다. 교무실이 환할 만큼 짙은 화장에 고급 옷을 입고 향내 나는 손수건으로 땀방울을 연신 닦는 그녀, 분필 가루 마시며 칠

판 앞에 서기엔 어울릴 것 같지 않은 여성이었다. 교감 선생님도 조심스럽게 대하는 것으로 미루어 상류계급의 며느리임이 분명해 보였다.

친구가 전 근무지에서 상처를 받았다던 선생일 것 같은 예감이 들어 그녀에 관해 물었다. 밤늦게까지 데이트하며 서로 좋아했으나 사랑 고백도 못 하고 가슴만 아픈 청춘으로 흘려보냈다는 여선생. 그는 끝까지 그런 모습으로 평생을 살다 저세상으로 갔다.

그는 검찰 행정에 몸담았지만, 그 직에 맞지 않는 성격으로 양보하고 손해 봐도 허허하며 웃고 일어나는 꾸밈없고 털털한 막걸리 같은 사람이었다. 그런 훈훈한 성격 때문에 그의 장례식 날, 엄중한 코로나 상황으로 조문은 못 할망정 많은 여자 동창들까지 부의금으로나마 애도를 표했다.

그의 성격은 외딴섬 위도에서도 나타났다. 그가 전해준 위도 탈출기는 지금까지도 우리에게 웃음을 선사한다. 교사 첫 임지로 위도에 발령받아 섬치고는 부잣집에 하숙하게 되었는데 집주인이 사위 삼을 요량으로 세밀한 계획을 세웠다. 친척 집 잔칫날 처녀 딸만 남겨두고 온 가족이 집을 떠났다. 학교에서 돌아와 보니 자기 방은 불 땐 지 오래 되어 냉방이었다. 안방으로 건너오라는 뜻이었다. 처음 얼마간 냉기와 싸우다 해결 방법으로 안방을 드나들다 마음이 흔들리게 되고 알 수 없는 힘에 홀린 듯 꿈속을 헤매다 깨어 보니 큰일을 저질렀다는 것을 알았다. 한번 엎어진 물은 다시 담지 못하듯 방법은 단 하나 위도를 벗어나는 것이었다.

섬에서 육지로 나오려면 배를 타야 하는데 주민들이 똘똘 뭉쳐 배를 내주지 않아 나올 길이 없어 막막하던 차에 육지에서 들어온 배가 있어 옷이며 책이며 모든 짐을 그대로 둔 채 급히 그 섬을 탈출했다는 위도 탈출기는 그 후 그의 대명사가 되었다. 흥미진진했던 위도 탈출기로 항상 우리를 즐겁게 했던 Y는 저세상으로 가고 그에 대한 추억만 아스라이 남았다. 여러모로 닮은 점이 많은 그와 나 사이에 멋없고 소심한 청춘이 더하여 지금도 그에 대한 애정이 깊이 남아있다.

# 운명을 바꾼 목소리

예상치도 꿈꾸지도 않은 세무 분야에 발을 딛게 된 것은 로또에 당첨된 것처럼 내 인생 전환을 예고했다.

교보라는 혜택을 받아 ○○군번을 달고 1년간 짧은 군 복무를 마쳤다. 제대 후 처음 보직을 받은 곳이 반남 국민학교였다. 그곳에서 3년을 지내고 영전해 간 곳이 영산포 국민학교다. 영산포는 내륙이지만, 영산강에 면한 포구이기에 물산이 풍부하고 사람 왕래가 잦아 전 임지와는 좀 다른 분위기를 풍겼다. 무언가 좋은 일이 생길 것 같은 예감이 들어 미래를 향한 의지를 키우며 달려 봐야겠다고 결심했다. 그곳에서 동기 동창인 Y군을 만났다. 근무하는 학교는 달랐지만, 우리는 친해졌고 미래를 계획하며 청춘을 노래하고 추억에 남을만한 일들을 만들어냈다.

나는 교직에 보람을 느끼지 못했다. 가르치는 기술도 부족했지만, 제일 힘든 것은 환경정리였다. 교실 뒷면의 넓은 벽을 채우려면 미술 실력이 있어야 하는데 그 방면에는 전혀 손재주가 없었다. 군 장학사가 방문하던지 무슨 학교 행사가 있을 때면 걱정이 태산 같았다. 다른 선생님의 도움을 받아 임시방편으로 어려움을 넘겼지만, 마냥 그럴 수 없어 학교생활이 고역이었다.

더욱 어머니 때문에 직장이 필요해서 선택했던 교직이 어머님께서 떠난 후여서 의미가 없어졌다. 전직을 심각히 고민하였고 방학 때면 서울 먼 친척 누나 집에 신세 지면서 영어학원에 다녔다. 어떤 시험을 치르던 영어는 필수 과목이었기에 부족한 부분을 보충하기 위해서였다. Y 군과는 생각이 같아 서로 격려하면서 우리의 꿈을 알차게 키워갔다. 그는 가끔 먼저 뜻을 이뤄 서울지방검찰청에 근무하는 K 군 이야기를 하면서 검찰사무직에 도전하자고 제안했다.

나는 흔쾌히 동의했고 친한 친구와 함께 지낸다는 것이 무척 기대되었다. 우리는 젊음을 즐기면서도 공부를 게을리하지 않았다. 그러던 중 우연히 9급 공무원 채용시험 공고를 보았다. 나는 친구에게 비록 검찰사무직은 아니지만, 실력 검증을 위해 이번 기회를 이용하자고 말하였으나 반응이 없어 혼자 응시하게 되었다.

행정직에 도전하는 응시원서를 들고 접수처에 갔던바, 그곳은 인산인해였다. 그만큼 취업이 어려운 때였다. 원서를 막 접수하려는데 세무직이 좋다면서 합격만 하면 요샛말로 로또 당첨이라고 떠들어대는 소리가 들렸다. 경험 삼아 보는데 좀 더 어려운 시험을 보자, 하는 모험심이 들어 세무직 원서를 다시 작성하여 접수했다. 응시율이 백 대 일이라고 할 만큼 엄청난 취업 전쟁이었다. 나는 직장이 있어 느긋했지만, 절박한 사람들이 많았던가 보다. 경험 삼아 봤던 시험이기에 합격자 발표일도 잊은 채 일상을 보내는데 편지 한 통이 날라 왔다. 합격통지서였다.

세무공무원은 국가재정을 담당하는 엄중한 직무다. 그런 직업이 있는지도 모르던 내가 그 세무공무원이 되었다. 시험 응시한 사실조차 모르던 교장과 교감 선생님 등 어른들은 너무 좋은 직장이라며 부러

위했고 특히 교장 선생님은 지역 국회의원을 소개할 테니 서울로 발령 받도록 힘쓰라고 하셨다. 나는 깜짝 놀랐다. 그처럼 좋은 곳인가, 그렇다면 어른들 말씀을 따라야지. 어렵사리 찾아간 의원사무실에서, 보좌관만 만났는데 많은 민원인 때문인지 대답을 빙빙 돌려 무슨 말인지 알아들을 수 없었다. 소개장 하나로 될 일이 아닌 것 같아 운명에 맡기고 기다리는데 서울에서도 가장 좋은 을지로 세무서에 근무하라는 발령장을 받았다. 깜짝 놀랐다. 내 운명이 바뀌는 순간이었다.

성적순으로 배치했다는 말이 맞았는지, 시험성적이 좋은 것도, 전국에서 가장 좋은 곳에 배치된 것도 꿈만 같았다. 조용하고 한가로운 시골에서 교직 생활하다가 많은 사람이 북적이는 서울 중심부, 빌딩 숲이 즐비한 명동 입구에 있는 직장에 출근하니 별천지에 온 느낌이었다.

학교와 세무서는 완전히 다른 세상이었다. 은행 창구에서 예금을 받듯 세금 받는 창구를 여러 개 만들어 놓고 납세자로부터 돈을 받는데 돈다발이 날아다닌다는 느낌을 받았다. 그만큼 물질이 풍부하다고나할까. 그때부터 생활이 피었고 활동 범위도 넓어 삶이 많이 바뀌었다. 성격마저도 여유롭고 활달하게 변해갔다. 그 후로 가끔 교직에 관한 꿈을 꾸면 적성에 맞지 않아 근심이 서리고 초라한 나의 모습을 보게 되면서 그때가 생애 전환점이었다는 것을 확인하게 되었다.

Y 군은 처음 소신대로 검찰사무직에 합격하여 서울지방검찰청에서 근무했지만, 나는 운명처럼 다가온 로또라는 목소리에 이끌리어 세무직에 몸담았다가 세무사에 이르는 인생 항로를 밟아왔으니 내 뜻과는 다른 보이지 않는 손이 작용한 것이라 생각된다.

# 적막한 우물 샘터

　해가 뜨면 공기가 달고 해가 지면 노을에 가슴 달아오르던 고향마을. 오랜만에 고향을 찾았다. 이곳저곳 둘러보며 기억의 흔적을 찾다가 동네 우물가에 앉아 푸른 달을 쳐다보며 황성옛터를 불러본다. 온 동네 사람들이 식수로, 빨래터로, 또는 여름밤 등목하며 땀 식히고, 눈빛 맑은 사람들이 생명수처럼 소중히 여기던 우물이 이제는 폐허가 된 양 초라한 모습이다. 나에게 진한 애환이 담긴 이곳에서 그리운 정경이 시상(詩想)으로 떠오른다.


　　앞산 푸른 나무 논밭으로 변해있고
　　멱 감던 아래 방죽 벼 이삭 가득하네
　　마을 중심 우물가엔 사람 소리 그쳤고
　　손잡고 넘던 곰실 고개 흔적 없이 사라졌네

　　살던 집 대나무 숲 토담으로 변해있고
　　탱자나무 감나무 멀리멀리 떠나갔네
　　곰쥐처럼 드나들던 홍시 광 없어지고
　　등잔불 밤새던 골방 어둠으로 사라졌네

힘자랑 골목대장 양지 언덕 누워있고
기타 치며 놀던 친구 어딘지 소식 없네
아버지 따라다닌 농로 길 가물가물
어머니 기다리던 해묵에길 바람에 묻혀 보이잖네

                                    – 졸시 〈적막한 우물 샘터〉

산천도 변하고 정든 사람들도 떠난 고향에 와서 느낀 감정이다. 학교 가는 길 종오리 마을에 있던 복숭아밭이 흔적도 없이 사라졌다. 탱자나무 울타리 안에 서 있는 복숭아나무는 그 옛날 보기 드문 과일로서 그 옆을 지날 때마다 탐스러운 열매로 우리를 강하게 유혹하였다. 동갑내기 정옥이는 힘도 세고 날렵해 탱자나무 가시 울타리 뚫고 금단의 열매를 따와 나와 같이 먹다 들키자 숨이 멎도록 도망했는데, 꿈을 안고 달려간 서울에서 전기 공사 중 감전되어 없어진 복숭아나무처럼 저세상으로 갔다.

나지막한 뒷산에 오르면 사방팔방 펼쳐지는 보리밭 밀밭. 조그만 바람에도 파도처럼 출렁이는 초록색 물결. 『폭풍의 언덕』 같은 스토리는 없을지라도 그 속에서 밀 서리, 보리 서리하며 놀던 우리들의 세상, 그들 중엔 괴혈병으로 죽은 아주 예쁜 경희도 있었다. 지금은 실개천으로 변했지만, 골목대장 따라나섰던 천렵 여행. 마을에서 멀리 떨어진 물이 풍부한 냇가에서 메기, 빠가사리, 미꾸라지 잡다가 천둥 번개 동반한 큰비 만나 날렵한 애들은 모두 달아나고, 나만 혼자 길을 잃고 울며 헤매다 어머니를 놀라게 했던 빗속의 생쥐 같은 모습이 눈에 선하다.

꿈에도 그리운 옛터를 찾았으나 보고 싶은 사람은 없고 잡초만 무성한 황성옛터가 눈앞에 어른거린다. 찾아올 때는 그리움 가득 찬 마음으로 달려온 고향 우정, 그러나 그립고 사랑하던 분이 떠나고 공허함으로 가득 찬 초라한 우물. 그래도 너는 나를 자주 찾아야 한다고 우물은 말한다. 세상이 허무함에 눈물 흘리는 나를 외면한 채 밤은 깊어가고 귓가에 '황성옛터' 노래가 들리는 듯하다.

고향에 와 애잔한 마음 모으며 한숨 한번 깊게 쉰다.

# 고향을 떠나며

    고향과 이별하게 된 첫 계기는 B 군과의 만남이었다. 만남과 헤어짐이 내 뜻과 관계없이 이루어지듯 중요한 시기에 운명적인 만남을 통하여 내 인생의 방향이 바뀌게 되었다. 광주 사범 2학년 때 B 군에게 영향을 받아 문학과 철학에 심취하면서 학교 수업에 소홀했고 그 결과 성적이 떨어져 1차 발령을 못 받고 이듬해인 2월 10일에 첫 발령을 받았다. 당시 어머니는 건강이 좋지 않은 상태였는데 병이 깊은 환자의 경우 1년이라는 시간은 매우 긴 시간이었으리라. 그것이 어머니가 일찍 돌아가신 원인이라고 생각되었다.

    어머니의 소망은 아들이 교사가 되어 좋은 배필 만나 손자 손녀와 함께 단란하게 사는 것이었다. 나는 그 소망을 이루어 드릴 마음의 준비를 하였고, 그 이상의 각오도 할 만큼 어머니를 사랑했다. 어머니가 참고 견딘 세월에 비하면 그 정도는 아무것도 아니었다. 그 당시 교사라면 인기 있는 직업이어서 배우자 선택에 큰 어려움은 없을 것이고, 비록 적성에 맞지 않는 교직일지라도 어머니가 원하신다면 잘 견뎌냈을 것이다.

    그런데 발단은 B 군과 짝을 한데서 시작됐다. 두 살 위인 그는 지적 능력이 대학생 이상이었고 닥치는 대로 책을 보는 독서광이었다. 학교 공부에는 관심 없고 수업 시간에도 아랑곳하지 않고 독서삼매경에 빠지는 이단아였다. 담임선생님도 그런 그의 수업 태도를 묵인했었다.

나는 왜 그런 B 군과 같은 책상에 앉게 되었는지 알 수 없다. 나로 인하여 그가 일반적인 학생 상태로 돌아오게 함이었을까. 그러나 결과는 정반대로 흘러가 시간이 지날수록 그의 정신세계에 빠져갔다. 쇼펜하우어, 니체 등 들어보지도 못한 철학자들로부터 소설가, 시인 같은 문학가들에게 빠져들게 되었다. 그는 마치 돈키호테처럼 당시 관료 등용 최고 관문인 고등고시에 도전할 것이라면서 헌법, 민법, 형법에 관한 서적도 탐독하였다. 지식과 정보를 너무 많이 취했으나 그것을 미처 정리하지 못한 과대 망상가였을까. 아무튼, 평범한 학생이 결코 아니었다. 그러한 그의 사고에 나도 전염되었는지 닥치는 대로 책을 읽었다. 평생 읽은 책의 절반 이상을 그때 독파했다.

그가 말한 고등고시보다 한 단계 낮은 보통고시에 도전해 볼까도 했고, 그 친구의 생각을 담은 『병든 인간』이라는 제목으로 독자들의 심금을 울릴 소설을 쓸 생각도 했다. 그러나 나에게는 어머니가 계셨고 포기할 수 없는 교사라는 직업이 기다리고 있었다. 그 친구처럼 학교 수업을 포기할 수 없었다. 2년간 이것저것 주워 담은 지적 정보가 성장 과정에 큰 도움이 됐지만, 학교 성적은 중상위권으로 밀려 1차 발령을 못 받게 되었고 결국 어머니께 불효한 것이 한으로 남았다.

B 군과의 마지막 만남은 월출산 상봉 천황봉에서다. 기약 없는 발령을 기다리는 착잡한 심정은 헤아릴 수 없었다. 일일 여삼추라는 말이 실감 났다. 그래서 조금이나마 위안이 될 것 같아 영암 읍내에 사

는 B 군을 찾아갔다. 그는 역시 학생 때 그대로였고 발령에 별로 관심이 없었다. 큰 뜻을 펼치려면 높은 산에 가야 한다면서 월출산 등반을 제안했다. 처음에는 자신이 없어 언뜻 내키지 않았다, 그처럼 높은 산은 처음이었고 내 힘에 버겁다는 소심함이랄까, 그러나 그의 마력은 여기서도 작동했다. 앞서가는 그를 따라나섰고 비호같이 빠른 그를 쫓아가느라 사력을 다했다. 아! 그 높고 웅장함이란! 광활한 대지를 굽어보며 우뚝 서 있는 봉우리 천황봉. 그곳에서 심호흡하며 사방을 둘러보니 천하를 제패한 듯 알 수 없는 힘이 솟아났다. 힘겹게 오른 정상에서 우리는 가부좌 자세로 각자의 신께 기도했고 하늘에 닿을 만큼 우렁찬 목소리로 "야호"라고 외쳤다.

그는 천황봉에서 무슨 기도를 했던 것일까. 갑자기 신변에 무슨 일이 생긴 걸까, 아니면 정신착란이었을까? 우리가 헤어진 후 그가 자살했다는 소식을 들었다. 너무 충격적이었다. 나는 아직도 고향의 명산 천황봉에서 한 내 기도를 들은 분이 나를 지켜주신다는 믿음과 산행 시작하며 그가 말한 큰 뜻이 이루어진다는 확신에 찬 기도를 잊을 수 없는데…

1학년 때처럼 공부했다면 1차 발령도 가능했을 것이다. 2차 발령도 못 받고 졸업 후 1년이 다 될 무렵에야 3차 발령을 받았다. 그즈음 어머니 병세는 점점 더해 사경을 헤매셨고 손쓸 겨를도 없이 저세상으로 가셨다. 그 참담함이란……

"이제 너를 놓아주마. 한 마리 새처럼 멀리 높이 날아라."라는 어머니의 유언대로 멀리 높이 날아가야 할 텐데 도무지 갈피를 잡을 수 없었다. 교사직을 그만두고 대학교 진학을 생각했지만, 곧 5·16 혁명이 일어났고 사회는 급변하고 있었다. 군대를 안 마친 모든 공무원은 그해 8월 15일까지 의원면직 대상이므로 나처럼 징집 나이가 미달된 자라도 신체검사를 받고 자진 입대할 수밖에 없었다. 나도 그들 중의 하나였고 입대할 예비 소집자의 집결지는 목포였다. 하루라도 먼저 입대해야 하는 시절인 만큼 여유로운 심정으로 입대했다. 그러나 3개월 만에 휴가 나왔다 울면서 귀대할 정도로 군대 생활은 너무 힘들었다. 교사는 복무기간을 1년으로 특혜를 준 만큼 최 일선에 배치되어 혹독한 군 생활이 계속되었다. 군 복무를 마치고 교직에 돌아오니 여기저기서 혼담이 들어왔다. 그러나 어머니가 안 계신 그곳에 머물기 싫었다. 어머니 말씀대로 교사직을 떠나 멀리멀리 날아갈 길을 찾기 시작했다.

대학을 가든 공무원이나 회사 취직시험이든 시간이 필요했다. 그동안 손 놓고 헤맨 시간이 많아서 새로 공부를 시작하려면 만만치 않았다. 교직을 그만두고 배수진을 칠까도 생각했지만, 그것도 쉽지 않았다. 그러나 희망의 끈을 굳게 쥔 때문인지 우연히 치르게 된 세무공무원 시험에 합격하여 서울에 있는 을지로 세무서에 첫 발령을 받았다. 어머니는 '말은 나면 제주도로, 사람은 서울로'라는 말씀과 '호랑이는 죽어서 가죽을 남기고, 사람은 이름을 남긴다.'라는 말씀을 가끔 들려주셨다. 그 말씀에 응하듯 서울에서 살게 되었고 예수님 사랑을 실천하는 단체로 '재단법인 우당'이라는 이름을 남기려고 노력하고 있으니 높은 곳에 계신 어머니께서 좋아하지 않을까.

꿈을 꾸었다. 꿈속 어머니는 젊고 B 군은 아직도 산을 오르고 있었다. 고향 생각하면 살며시 이는 바람 한 자락을 가슴에 품는다.

# 메기의 추억

"옛날에 금잔디 동산에 메기~ 같이 앉아서 놀던 곳……"

비록 화음은 안 맞지만 서투른 손놀림으로 딸아이의 피아노 건반을 두드리다 보면 아련히 옛 추억의 실타래가 풀린다.

지금부터 45년 전 학생 수라야 고작 30명도 못 되는 벽지학교. 삼면이 논과 밭으로 둘러싸인 마치 조그마한 동산 같았던 초등학교. 나는 그 초등학교에서 평생 잊지 못할 선생님을 만났다. 인자하시면서도 엄하였고, 부드러우면서도 강하게 우리를 인도하셨던 선생님. 순수하고 깨끗하고 정열적이었던 인상이 뇌리에 박혀있다. 지금처럼 촌지가 있을 리도 없고, 문명이 발달되지 않은 시절이어서 문화적인 혜택도 없던 시절. 오직 제자 사랑과 사명감으로 젊은 청춘을 우리에게 쏟아부으셨던 것 같다. 우리는 달 밝은 밤이나 깜깜한 어둠 속에서도 밤늦도록 학업에 열중했다. 중학교에 진학한다는 보장도 계획도 없으면서 선생님의 열의에 열심히 따랐다.

어느덧 겨울이 지나고 입학 철이 다가왔다. 그 당시는 전기, 후기 두 번으로 나누어 입학시험을 치렀는데 나는 전기시험에 응시할 기회를 놓치고 말았다. 집안 어른들이 광주로 유학할 비용을 댈 수 없다는 것이었다. 설마설마하며 마지막까지 지켜보시던 선생님은 광주 서중(전기

시험)에 입학원서를 못 낸 것을 아쉬워하면서 어머니를 만나고 싶어 하셨다. 나의 장래에 대한 선생님의 관심은 대단하셨고 여기에 힘을 얻은 어머니는 집안 어른들의 반대를 무릅쓰고 입학시험이라도 한번 보자는 쪽으로 일이 비밀리에 진행되었다. 그 일은 차질 없이 진행되었고, 후기시험에서 전남에서는 가장 좋다는 광주 북중(현 북성중)에 합격하였다. 그렇게 반대하시던 집안 어른들과 아버지께서도 어려운 시험에 합격한 아들의 입학을 거부할 수는 없었던 것이다. 인생의 첫 갈림길에서 중대한 결정을 하도록 결정적인 역할을 하신 선생님. 지금은 저세상에 계시지만 항상 내 마음속에 남아 그리움으로 떠오른다.

그 선생님의 슬픈 사랑 이야기.

담임선생님의 사랑에 얽힌 추억이 있다. 그 당시 몇 분 안 되는 선생님 중에 예쁜 미모와 꾀꼬리처럼 맑은 목소리를 가지고 음악을 좋아하시던 여선생님 한 분이 새로 부임하셨다. 다정다감하고 미남형인 담임선생님과 그분은 누가 봐도 어울리는 한 쌍이라고 생각되었다. 두 분은 서로 열렬히 사랑하였고 담임선생님의 사랑을 듬뿍 받고 있던 나는 그 여선생님의 사랑까지도 받게 되었다. 그때 그 여선생님이 나에게 가르쳐주신 노래가 '메기의 추억'이다. 상급학교에서나 배움직한 노래에 심취해서 그 여선생님의 풍금 반주에 맞추어 한 소절 한 소절 열심히 따라 불렀고, 금방 노래를 익히자 또 다른 노래를 가르쳐 주시며 장래 성악가로 진출하라고 할 정도로 소질이 있다고 극찬했었다.

그 후 두 분 선생님은 나를 가운데 두고 봄이면 학교 뒷동산에서, 여름이면 플라타너스 그늘에서, 겨울이면 장작불이 타는 난로 가에서 메기의 추억을 불렀었다. 담임선생님의 탁한 소리와 여선생님의 청아한 음성에 나는 화음을 맞추는 역할을 했던 것일까? 아무튼, 그때부터 '메기의 추억'은 나의 애창곡이 되었고, 한 폭의 그림 같던 그 시절 노래 부르던 모습은 40여 년이 지난 지금도 눈에 선하다.

그 후 중학교에 진학하여 담임선생님을 찾아뵈었을 때, 그처럼 열렬히 사랑하던 여선생님을 떠나보낸 후 무척이나 수척해지시고 말수가 적어지셨다. 쓸쓸해 하시던 선생님을 뒤로하고 터벅터벅 교정을 걸어 나왔던 생각을 하면 지금도 눈물이 핑 돈다. "동산 수풀은 우거지고 장미화는 피어 만발하였네" 피아노 소리는 울려 퍼지지만 선생님의 메아리는 되돌아오지 않고 휑하니 가슴 한구석이 빌 뿐이다. 스승의 날을 보내면서 내 인생의 가장 중요한 시기에 결정적인 영향을 주었던 선생님을 그리워하면서 다시 한번 불러본다.

"옛날의 노래를 부르자 메기, 내 사랑하는 메기야~"

# 같이 잘 사는 세상

　한강에 홍수가 났다. 태풍을 동반해 연이틀 내린 억수 같은 비가 서울을 집어삼킬 듯 검붉은 흙탕물로 물바다를 이루었다. 지금은 롯데월드 같은 고층 빌딩이나 현대아파트 등 수 많은 건물이 즐비해 있는 강남 3구 지역 대부분이 물속에 잠긴 상황은 엄청 났다.

　신혼 초 1972년 우리는 한강이 한눈에 내려다보이는 보광동 산 중턱에 살았다. 밤새 내린 폭우로 물난리가 나자 옆집 사람을 따라 물 구경 갔는데 그곳에는 벌써 많은 사람들이 몰려 웅성거렸다. 통째로 또는 반파된 집이 파도타기 하듯 떠내려가기도 하고, 가재도구나 쓰레기는 물론 소, 돼지 같은 짐승들이 사력을 다해 헤엄치며 살려고 몸부림치고 있었다. 세상 만물이 함께 휩쓸려 요동치고 있는 한강은 누런 바다처럼 흙탕물이 한없이 펼쳐있어 끝이 보이지 않았다. 정말 놀라운 광경이었다. 한쪽에서는 생사를 넘나드는데 다른 쪽에서는 구경이라니. 세상은 그렇게 만들어져 있고 그러면서도 함께 어울려 굴러가는가 보다.

　나는 엄청난 물난리를 보면서 20여 년 전 광주 월산동 꼭대기 허름한 집에서 살던 소년 시절이 생각났다. 어려운 살림에 자기 집이라고 마련한 주택이 오죽했을까. 높은 언덕을 오르내리다 보면 좁은 골목길에 온갖 잡동사니가 널려있고 오물 냄새가 진동할 때도 있었다. 우리 집도 마찬가지였다. 특히 옥외 변소가 가득 차면 그 처리가 문제였다. 수거해 가도록 많은 비용을 지불하던가 아니면 직접 우리가 퍼 날라야 했다. 물지게에 똥통을 메달아 인근 밭에 퍼 나르는 일은 고약한 냄새는 차치하고도 힘들고 위험천만한 일이었다. 자칫 잘못 기우뚱하여 넘어지는 날에는 완전 오물을 뒤집어쓰기 때문이다.

그런데 가끔 억수같이 쏟아 붓는 소낙비가 내려 좁은 골목길이 냇물로 변할 때면 온 식구가 바빠진다. 분뇨로 넘쳐나던 큰 변기통이 순식간에 바닥나고 흔적도 없이 사라진다. 억수 같은 빗줄기에 온몸은 젖었어도 10년 묵은 체증이 가라앉듯 안도의 한숨을 쉰다. 비가 그친 후 혹시나 염려되어 골목길을 내려가 보면 한 점의 찌꺼기도 없이 방금 새로 만들어진 듯 깔끔한 땅만 보였다. 신은 추하고 더러운 골목길을 깨끗하게 하려고 그 많은 비를 내렸나 보다.

우리 인간의 마음을 그 골목길처럼 정화할 비는 없는 걸까. 수많은 골목에서 흘러든 오물들은 광주천을 메우고 그 물은 다시 흘러 영산강 하류에서 홍수 경보로 발령되었다. 지금 우리가 먼 산 불구경하듯 바라보고 있는 한강처럼.

뉴스를 보니 물에 빠진 어린이를 구하는 용감한 사람이 클로즈업되어 있었다. 그 주위에 많은 사람이 있건만 비호같이 물속으로 뛰어든 한 청년, 그는 영웅이 되었다. 수영에 자신이 있는 데다 의협심이 강해 사경을 헤매는 어린이를 구했기 때문이다. 마음은 있어도 물이 무서운 사람, 구할 능력은 있어도 두려워 망설이는 자, 아예 처음부터 구경만 하는 군중들이 있기에 그는 뉴스 속의 인물이 된 것이다. 영웅이나 의인이 그 청년뿐이겠는가, 그러나 한강 주변 산천이나 도로, 동네 구석구석까지 모든 오물 들을 씻어 깨끗하게 정화 시킬 영웅이나 의인이 있는가, 그들도 오늘 같은 한강의 홍수에는 초라한 인간일 뿐이다.

성난 파도처럼 용트림하는 한강 물은 묵묵히 바다로 흘러간다. 사랑과 증오, 환희와 슬픔 등 수많은 사연을 품은 채, 남길 것과 버릴 것 구별 없이 영산강보다 훨씬 많은 것들이 더러운 찌꺼기와 함께 흘러간다.

한강 물을 품은 서해를 생각해 본다. 모든 것을 포용하면서도 짠맛을 잃지 않는 바다, 얼마나 넓은 가슴인가. 그러나 그 가슴도 한번 성이 나면 아무리 큰 배도 뒤엎는 무서운 바다. 대 자연의 위력 앞에 인간 영웅도 왜소할 뿐이다.

한강의 홍수가 눈에 보이는 것들을 정화하여 눈이 시원할 정도였다면, 인간 내면의 거짓과 욕심, 증오 등 추악한 오물들까지 씻어낸 소낙비가 노아의 홍수였을까? 한강의 홍수에도 빛과 어둠이 있듯 내가 방관자로 그 광경을 바라볼 때 다른 쪽에선 눈물을 흘려야 하는 모순덩어리 세상. 큰 홍수가 또다시 오기 전에 예방하며 같이 잘 사는 세상은 없을까. 큰 물난리가 날 때마다 생각나는 질문이다.

# 멀리 높이 날아라

"어머니! '멀리 높이 날아라.'라는
유언을 가슴에 품고
열심히 지금까지 달려왔는데
인생은 호락호락하지 않네요.
남은 날은 많지 않은데 아직 끝은 보이지 않고,
다만 당신께서 붙드신
구명줄을 생명줄로 바꿔 잡고
예수님 사랑을 실천하기 위해
삼 남매와 함께
가족법인을 만들었습니다.

# 멀리 높이 날아라

어머니는 생生에 몸을 부딪쳐가며 삶이 무엇인지를 가르쳐 주셨고, 한마디 유언으로 내 길을 바꾸셨다. 어머니의 '어'자만 나와도 눈물이 날 정도다. 어머니는 희로애락을 같이하며 내게 헌신적 사랑을 베푸셨는데, 받은 사랑을 조금이라도 갚을 기회를 주지 않고 저세상으로 가셨다. 평생 갚아도 못 갚을 사랑의 빚을 지게 하셨고 가장 감사한 것은 신앙을 물려받아 인생을 바르게 살게 해주신 빚이다.

내 밑으로 남동생과 여동생 둘이 있었는데 당시 유행하던 장티푸스에 남매를 동시에 잃고 어머니는 그 충격으로 화병이 생겼다. 친척 집도 찾고, 마음을 달랬으나 뜻대로 되지 않자 보따리 행상도 했다. 며칠씩 어머니를 못 봐서 애절하게 기다리던 모습이 꿈에 보일 때면 절절한 그리움으로 변해갔다.

그렇게 해서 시작된 어머니의 행상은 한동안 계속되었다. 해방 후 물자도 부족하고 환경도 열악한 시절이었다. 내가 생후 처음 한 나들이는 어머니와 함께 목포에 간 일이었다. 그곳에 있는 공장에서 도자기를 싼값으로 사서 각 마을을 돌며 소매하는 방식이었다. 목포에서 하룻밤을 지낸 후 무거운 도자기 보따리를 둘러메고 첫 기차를 타려 하자 짐을 못 싣게 하는 역무원과 실랑이한 기억이 지금도 생생하다. 지금 내게도 그 기억이 남아있으니 어머니에겐 평생 지울 수 없는 생채기로 가슴에 새겨졌으리라. 내 작은 어깨가 보시기에 얼마나 애처로웠을까. 내가 건장했다면 조금이나마 위로가 됐을 텐데.

고생 끝에 기차를 타고 영산포에 내려 어머니 친구 집에 들렀다. 어머니는 그분을 가끔 만나 여러모로 신세를 졌으나 어릴 적 소꿉동무여서인지 우리를 반갑게 맞아주었다. 누구에게 도움받고 갚지 못하면 '돈이 원수지 내가 바보냐'라고 자조적인 속상한 마음을 가끔 토로하곤 하셨는데 그날도 비슷한 말씀을 하셨다. 가난 때문에 사람 노릇 못한다는 한탄이었으리라.

그 집은 우리가 사는 곳과는 전혀 다른 좋은 집이었다. 집안에 화장실이 있어 밖에 나갈 필요 없고 전깃불도 반짝거리며 편리한 시설이 갖춰진 부잣집이었다. 내가 어머니라 해도 부러워했을 생각에 그보다 더 좋은 집을 사드리겠다고 다짐했으나, 어렵게 살다 일찍 가신 한이 내 가슴에 지금도 그대로 남아있다.

그렇게 해서 어머니는 점점 더 강인해지셨고 가장 아닌 가장 역할을 하면서 나를 중학교에 진학시켜 광주 생활이 시작되었다. 죽은 동생은 총명하고 활달하며 외향적이어서 어머니의 꿈이며 희망이었다. '될 성싶은 나무는 떡잎부터 알아본다.'라는 말로 나를 꾸중할 때면 동생의 죽음을 무척 아쉬워한다는 느낌을 받았다. 정녕 내 동생 진로는 내 앞길을 열기 위해 먼저 간 것인가.

광주 생활이 시작되었을 때 "진로가 그렇게 되지 않았으면 네가 여기 없을지도 몰라"라는 말을 들었을 땐 큰 바위 같은 동생 역할까지 하겠다고 다짐했다. 그 당시 나는 소심하고 내성적이며 양보만 하는 아이였다. 싸움이나 힘으로 판가름 나는 세상에서는 맨 밑바닥에서 헤맬지도 모른다는 상상에 떨기도 했다. 만약 100m 앞에 음식을 놓고 각자 뛰어가 먹으라는 경쟁을 붙인다면 입에 풀칠도 못 할 것 같은 엉뚱한 망상을 하며 혼자 웃기도 했다.

나의 중학 시절은 어려움 그 자체였다. 아버지가 시골에서 농사지은 것으로는 늘 부족했다. 그것을 메꾸기 위해 어머니는 시장에서 노점상을 하고 누나가 공장에서 근무하기도 했다. 노점상을 할 때 지금도 기억에 남는 것은 추석 대목장, 구정 대목장이었다. 성냥, 양초 등 값싼 잡동사니를 파는데도 인파가 몰려 내가 일손을 보태기도 했다. 지금 생각하면 코 묻은 돈인데 우리 상품을 사주시는 분이 너무 감사했다. 그 때문인지 영세상인과 거래할 때 지금까지 물건값을 깎은 적이 없고 오히려 잔돈을 받지 않은 때도 있다. 그 문제로 가끔 아내와 다투기도 했지만.

어머니의 강인함은 병을 불러왔다. 그 강인함은 존경스러우며 동시에 슬펐다. 한없이 약해지시려는 마음과 몸을 가슴 깊이 감추시며 당신을 돌보지 않았다. 어려운 일에 집착하다 보니 병이 한 가지씩 늘어갔다.

그 무렵 어머니는 하나님을 만났다. 양동시장 천변에서 중고 옷가게를 하던 피난민 집사 부부를 만나 물심양면으로 도와주심에 이끌리어 류문동 교회에 참석하게 되었다. 구명 밧줄 잡는 심정으로 교회에 가시는 어머님을 따라 나도 교회에 다녔다.

하나님은 어떤 분인지, 예수님은 더더욱 모르면서도 예배에는 열심히 참석했다. 구명줄을 아무리 힘껏 잡고 기도해도 삶은 팍팍했고 어머니 병은 더욱 심해갔다. 그 당시 병원 문턱은 너무 높아 우리 같은 사람은 감히 쳐다볼 수도 없었다. 그런데 하루는 쪽지에 적힌 주소를 내밀며 병원으로 가자고 했다. 병원비 걱정은 뒤로하고 약 4km 되는 거리를 누나와 내가 번갈아 업고 어렵게 찾아갔다. 그곳은 병원이 아니라 가정집에 있는 작은 진료실이었다. 집사님과 같은 피난민으로 대학병원에 교수로 재직하면서 어려운 환자를 무료로 치료해 주시는 천사의 집 같은 곳이었다.

신은 집사님과 교수님 같은 이런 천사들을 시켜 생활고와 병마에 지친 영혼들을 위로해 주시나 보다. 이런 분들을 닮고 싶어 예수님 사랑을 실천하려고 애쓰는지도 모르겠다.

"한두 번 주사 맞고 약을 쓴다고 나을 병이 아닙니다. 입원해서 치료받아야 될 텐데…." 급하면 누나와 나는 어머니를 업고 뛰어서 교수님을 찾았지만, 잠깐 호전될 뿐 병은 완치되지 않았고 세월이 흐를수록 병은 더욱 깊어갔다. 가래가 끓는 기관지병인데도 담배를 끊지 못하시는 어머니, 소화가 안 되는 위병, 화병, 몸살, 깊은 마음의 병 등 갖가지 병과 함께 사신 어머니를, 병원에 입원시켜 치료할 수 없었던 무력함을 자책했다.

이런 형편이니 다른 곳에 한눈팔 수 없었다. 오직 학업에 열중하는 공붓벌레여서 성적은 항상 상위 그룹이었다. 어느덧 상급학교에 진학할 때가 되었고 친구들은 학교 선택에 고민하고 있을 때 나는 광주사범학교 외에 다른 선택이 없었다. 빨리 돈을 벌어 부모님을 봉양해야 했고 당시에는 그만큼 좋은 직장도 흔치 않았다. 사범학교 1학년 때는 중학 시절과 같이 반에서 1, 2등을 다투었다. 그런데 2학년 때 짝이 바뀌면서 친구의 영향을 받아 독서에 몰입하게 되었고 시, 소설, 철학, 법률 등 장르와 관계없이 시간을 쏟아부어 학교 성적은 내려갔다. 내 생애 전환의 시발점이 되었지만, 졸업 후 발령 시기에 영향을 주었고 어머니를 입원시켜 병세를 호전시킬 기회를 놓쳤다. 경제 사정은 그대로였고 병세도 호전되지 않은 채 졸업 때가 되었다. 동틀 때가 가장 어둡다는데 교사 발령 시기가 다가올수록 어머니는 초조해하셨다. 외도로 인한 성적 저하에 4·19혁명까지 겹쳐 어둠은 계속되었고 졸업 후 1년이 다 된 다음 해 2월에야 발령 소식을 접할 수 있었다.

내 아들이 교사가 됐노라고 자랑하고 싶은 꿈, 지긋지긋한 고생이 끝날 것이라는 희망이 사라진 때문인지, 어머니의 병세는 급격히 나빠졌다. 운명의 장난인가 신의 뜻인가. 그렇게 고대하던 교직에 임명되자마자 저세상으로 가셨으니 회한만 남을 수밖에. 덕진국민학교에 발령을 받고 임지로 떠나면서 어머니와 작별했던 모습. 무언가 불길한 운명 같은 사건이 닥쳐올 것 같은 예감으로 멀리 서 계시는 어머니를 자꾸 뒤돌아보았던 순간이 뇌리에서 사라지지 않는다.

임종 시 했던 마지막 말씀. "이제 너를 놓아주마. 새처럼 멀리 높이 마음대로 날아라." 왜 자유를 말씀하셨을까? 이 말씀은 현실에 충실하며 희망을 잃지 말고 높은 비전을 갖고 살라는 말씀으로 나를 지탱해 주었다. 어머니 돌아가신 후 한 가지 위안이 된다면, 당신의 얼굴이 너무 편안하고 온화해서 꼭 천국에 계신다는 확신을 한 것이다.

"어머니! '멀리 높이 날아라'라는 유언을 가슴에 품고 열심히 지금까지 달려왔는데 인생은 호락호락하지 않네요. 남은 날은 많지 않은데 아직 끝은 보이지 않고, 다만 당신께서 붙드신 구명줄을 생명줄로 바꿔 잡고 예수님 사랑을 실천하기 위해 삼 남매와 함께 가족법인을 만들었습니다. 어머님처럼 목말라하는 영혼에 생명수를 주기 위해 재단법인 설립을 계획 중에 있습니다. 그분께서 꼭 이루어주시리라 믿습니다."

# 홍시

  나는 모든 음악을 좋아하지만, 그중에서도 트로트를 가장 좋아한다. 피로하고 지칠 때 좋아하는 노래를 들으면 피로가 풀리고 위로가 된다. 장시간 글 쓰다 눈이 침침해 핸드폰을 열었다.

  "생각이 난다. 홍시가 열리면 울 엄마가 생각이 난다.
  눈에 넣어도 아프지 않겠다던 울 엄마가 그리워진다."

  나훈아의 '홍시'라는 노래가 스마트폰에서 흘러나왔다. 나는 벌떡 일어나 문을 열고 테라스로 나갔다. 이 노래를 들을 때면 영락없이 눈물이 나와 그 모습을 아내에게 보이기 싫어서다. 테라스에 나가 의자에 앉으니 눈앞에 넓은 정원이 펼쳐진다. 봄이 무르익어 온갖 꽃들로 가득 찬 정원. 특히 철쭉이 만발하여 빨간 담요, 하얀 담요를 깔아 놓은 듯 어느 여왕의 침실처럼 화려하다. 친구는 하필이면 이 찬란한 봄날에 슬픈 노래를 보내주다니.

고향 집 사립문 옆에 조그만 감나무가 있었다. 어느덧 큰 나무로 자라더니 굵은 열매를 맺기 시작했다. 감을 손으로 따기에는 너무 높이 달려 있어 장대에 갈고리를 매서 한 알 한 알 따야 했는데 수확하는 재미가 쏠쏠했다. 그러나 그 탐스럽고 먹음직한 열매를 입에 넣자마자 떫은맛에 정나미가 떨어졌다. 그런데 그 보기도 싫던 떫은 감이 초겨울이 되면서 하나씩 하나씩 빨간 홍시가 되어 내 앞에 다가왔다. 어머니가 요술을 부린 것인가. 어디에 있는지도 모르는 홍시는 내가 궁금할 때마다 어머니 젖가슴처럼 다가와 입을 즐겁게 해 주었다.

근래에 해마다 금정 대봉감을 보내주는 지인이 있다. 대봉감은 한두 달 정도 지나면 홍시가 되는데 어머니의 홍시 맛과는 비교할 수 없다. 그 당시는 맛있는 과일이 없어서일까. 어머니 솜씨 때문일까. 꼭 먹고 싶을 때를 알아 챙겨주신 홍시는 가장 맛있는 음식이었다. 내가 직접 찾아 먹고 싶어 숨겨둔 곳을 찾아보니 차가운 광에 자리한 쌀독에 파묻혀 있었다. 오래 두고 먹으려면 추운 곳이어야 하고 같은 양식인 쌀 속에 숨겨놓은 것은 어머니의 지혜였나 보다.

수확 철엔 가득 찼던 쌀독이 내가 홍시를 발견할 땐 밑바닥을 드러내고 있었다. 커다란 쌀독 항아리 밑바닥에 어렵사리 손을 넣어 꺼내먹은 맛은 같은 홍시라도 맛이 달랐다.

"생각만 해도 눈물이 핑 도는 울 엄마가 그리워진다."

오늘도 어김없이 두 줄기 눈물이 흐른다. 찬란한 봄 아름다운 정원을 앞에 두고 이게 무슨 일이람. 받은 사랑이 많은데 그것을 갚지 못한 회한의 눈물이기에 아름다운 정원이 기쁨보다 오히려 눈물샘에 슬픔을 퍼부은 것인가.

'홍시'라는 노래가 나오면 어김없이 생각나는 어머니, 이승에서 누리시지 못한 행복을 눈앞의 철쭉처럼 아름다운 모습으로 천국에서 누리시기를 빈다.

# 봄이 오는 소리

봄이 오는 소리가 여기저기서 들린다.

얼음장이 깨지는 소리, 버들가지의 눈망울이 터지는 소리, 겨우내 얼었던 대지가 갈라지는 소리. 봄은 자연이 깨어나는 기쁨의 소리를 들려준다. 그러나 나에게 봄은 슬픈 기억과 함께 다가온다.

목메게 기다리던 초등학교 교사 발령을 받고 첫 월급봉투와 따뜻한 내의를 가방에 넣어 부모님을 찾아갔던 때가 봄소식을 준비하던 2월의 마지막 날이었다. 오직 자식 잘되는 것을 단 하나의 희망으로 사시던 어머님은 지병으로 누워계셨고 그 아들은 속옷을 사 들고 어머니 계신 곳으로 가는 버스를 기다리고 있었다. 잔설이 남아있는 야산에서 눈 녹은 물이 흘러 시냇물과 만나는 도랑가에 앉아 초조한 마음을 달래며 버스를 기다리던 시간은 평생에 가장 긴 시간이었다. 도랑물이 흐르는 소리는 더없이 맑고 상쾌했지만, 어머님의 병세는 깊어가기만 했다.

얼마 후 어머님은 아들의 첫 월급으로 산 내의도 입어보지 못하고 월급봉투만 손에 꼭 쥔 채 세상을 떠나심으로 자식이 효도할 기회를 주지 않았다. 그것은 내 생애에 있어 봄소식과 함께 항상 슬픈 기억으로 남아있다. 수십 년이 지난 지금도 영화나 소설에서 어머니에 관한 이야기가 나오면 눈시울이 뜨거워진다. 또한, 신문, 방송에서 어머니에 불효한 자식을 보면 분을 참지 못하다가 아내에게 핀잔을 받기도 한다. 반면 그 기억은 나태해지거나 게을러질 때 항상 나를 채찍질하는 어머니의 모습으로 남아있어 선한 길로 인도하는 길잡이가 되어 주었다.

올해에도 봄은 어김없이 찾아올 테고, 죽은 것 같은 검은 나무에 파란 싹이 트고 굳어 있던 대지에는 생명의 기적들이 보일 것이다. 수십 년 만의 강추위와 폭설의 동장군은 힘없이 물러가고 다시 새로운 봄이 시작되고 있다. 우리 경제도 IMF 한파를 이겨내고 새로운 봄을 맞을 징후가 엿보인다고 한다. 역사상 유례없는 IMF로 실업과 실직, 부도로 고생하는 이웃들과 거래처들이 안타깝다. 어서 우리 경제에 새봄이 와서 얼룩졌던 우리네 마음이 활짝 펴졌으면 좋겠다.

봄이 오는 길목에 서서 잠시 옛날을 회상하는 슬픈 기억이 찬란한 기쁨으로 변모하는 새봄을 맞이하고 싶다.

# 사람의 향기

끝없이 이어지는 도로를 달리다 길가에 늘어진 코스모스에 끌려 차를 멈췄다. 하늘거리는 코스모스 물결에 잠시 취해보고 싶어 향기 속으로 걸어 들어갔다. 싱그러운 향내가 나를 감싸 그곳을 떠나고 싶지 않아 한참 동안 서 있었다. 꽃향기는 도심의 탁한 공기에 젖어있던 일상에서 더할 나위 없는 청량제였다. 향기를 맛보게 하는 꽃은 참으로 귀하고 고맙다.

이 코스모스 향기 같은 사랑의 향기를 만난 기억이 있다. 그 향기는 진하지는 않지만, 너무 인상이 깊어 오래도록 지워지지 않고 지금까지 가슴속 깊이 배어있다.

내가 어린 시절, 모두가 너무도 어렵고 가난한 시절이었다. 그저 밥먹고 살 정도 되는 우리 가정도 마음 놓고 병원 가기는 쉽지 않은 때였다. 병원에 입원하면 번연히 살 줄 알면서도 병원비 걱정에 목숨을 잃는 경우가 허다했다. 지금 이 글을 쓰면서 돌아가신 어머님을 생각하면 통탄할 일이고, 입원 한번 못하고 돌아가신 어머님께 죄송스러워 두고두고 회한에 사로잡혀 있다. 나는 그 당시 경제력이 없었고 그런 결정을 내릴 처지도 못 되었다. 어머니는 해소 기침이 심하고 위장이 나쁘며 여러 가지 병에 시달리고 계셨다. 수소문해보니 전남의대 교수이신 분이 자기 집에서 진료하시는데 염가로 치료한다는 소문을 들었다.

우리 집은 월산동 산꼭대기에 있었고 교수님 댁은 사직공원 밑이니 4km도 넘는 거리였다. 물론 택시 탈 형편은 못되었고 버스 편도 없어서 나와 누나는 번갈아 어머니를 등에 업고 교수님 집을 찾았다. 그 교수님은 깡마른 체구에 늘씬한 키 빛나는 눈, 첫인상은 좀 까다롭게 느껴졌지만, 만날수록 인자한 마음과 사랑의 손길이 그저 눈물겨울 뿐이었다. 어려운 우리 처지를 배려 한 때문인지 어느 때는 무료로, 또는 약값도 안 되는 돈으로 어머니의 생명을 구해주셨다.

어머니를 등에 업고 먼 거리 다니기를 한 달여 드디어 어머님 병은 많이 호전되었고 그로 인해 생명이 더 연장되었다. 투박하면서도 이북 말씨를 쓰시던 의사 교수님! 그 교수님의 사랑의 향기는 오래오래 가슴속에 남아 나를 채찍질하며 묻고 있다. '너는 어떤 향기를 갖고 있느냐'라고.

그 후로 지금까지 살아오면서 향기 나는 삶을 살고 계신 분들이 많음을 알고 있다. 남의 눈에 띄지 않고 오히려 숨어서 은근한 향기를 풍기는 분들. 그런 분들이 힘든 세상에 버팀목 역할을 하고 계셔서 조금은 살맛 나는 세상인 것을……

'나는 악취를 풍기지 않았는지' 자문자답하면서 코스모스 향기로 심호흡을 하며 마음을 씻어내고 다시금 다짐해 본다.

'향기로운 삶을 위해 노력하자'라고.

# 아버지에 대한 추억

이 세상의 아버지들은 어머니와 같은 정도의 사랑을 주었는데도 어머니들과 비교해 자녀들로부터 대접을 못 받는다. 사랑의 색깔이 달라서 일게다. 대개 한국의 아버지들은 가정을 잘 이끌기 위해 자신 한 몸 돌보지 않고 무한정 노력하지만, 결과는 해야 할 임무를 했다는 것뿐이다. 심지어 그 노력의 성과를 감소시키는 경우도 많다. 술, 담배와 도박으로 혹은 위험한 투자로, 심지어 여자 문제까지 감점 요인이 많다. 열 번 잘하다가도 한번 실수하면 회복하기 쉽지 않다.

직장 생활이 순조로워 살림 형편이 좋을 때는 당연히 할 일 한 것으로 여기지만, 진행하던 사업이 어긋나 곤궁에 처하면 가장의 책무를 못 했다는 이유로 외면받고 쫓겨나기까지 한다. 그런 상황을 당연하게 받아들이는 남자들의 심리. 자신이 가정을 책임져야 한다는 절박감과 사회 인식 속에, 때로는 바깥일을 집안일보다 더 비중을 두기도 한다. 이것이 남자들이 가정에 기여한 만큼 대접받지 못한 이유이기도 하다. '대한민국에서 가장으로 산다는 것'은 자신은 뒤로 밀어내고 힘들게 온 몸 던져 일을 해야 하는 실존적이며 슬픔을 동반하는 일이다.

다른 이유는 아버지, 어머니의 근본적 차이이다. 자녀들은 태어날 때 어머니의 뱃속에서 열 달을 지냈고, 세상에 나와서도 많은 시간을 어머니의 보살핌으로 자랐다. 그래서 세상의 어머니들이 큰 실수를 해도 자녀들은 대부분 포용하고 어머니에게 받은 것만 기억하기 때문에 아버지들이 대접을 못 받을 수밖에 없다. 내 경우를 봐도 그렇다. 어머니 '어' 자만 나와도 눈물이 나오는데 아버지에게는 그렇지 않다. 힘든 노동으로 생계를 책임져주시고 광주에서 학교 다닐 때도 모자란 대로 많은 힘이 되어 주셨는데 당연히 책무를 다하신 것으로만 여겼다.

아버지는 처복이 없었다. 첫 번째 아내는 아들 두 분만 낳으시고 일찍 돌아가셨다. 두 번째 부인은 딸 셋만 난 후 북쪽 먼 곳으로 떠나셨다고 들었다. 세 번째가 내 어머니다. 그리고 칠순에 얻은 내 남동생의 어머니가 마지막까지 아버지 곁을 지키며 임종을 하셨다. 그렇게 복잡한 삶을 사신 아버지, 짐이 무거울 수밖에 없다.

내가 성장하며 본 것은 묵묵히 일만 하시는 아버지의 모습이다. 큰형님은 초등학교 교사였는데 경제권은 형님이 가진 듯 보였다. 작은형님은 경찰이었는데 인민군이 진주할 때 피난 간 큰형님과 달리 자기 양심만 믿고 집에 앉아 버티다 인민재판으로 9명이 한꺼번에 총살되었다. 그러니 큰 집, 작은집, 우리 집 세 집의 농사일을 챙기시느라 눈코 뜰 새 없이 바빴다. 매일같이 새벽에 일어나 농로 길 따라 한 바퀴 돌아보고 나서 아침 식사를 하셨다. 85세까지 장수하신 원인의 하나다. 세 집 살림하려면 셈법이 복잡할 텐데 낫 놓고, 기억자도 모르시면서 모든 계산이나 기록이 당신의 머리 안에 담겨있었다. 분쟁이나 실수 없이 수입과 지출을 정확하게 맞추신 실력. 그 두뇌와 경영 능력을 우리 후손들이 물려받기를 원한다.

아버지는 다정다감한 언어나 듣기 좋은 말과는 거리가 먼 분이다. 거짓 없이 있는 그대로 순박하게 삶을 이어가는 촌부시고, 자연과 씨름하며 조화를 맞춰 나가는 농사꾼이며, 온 가족들을 먹여 살리기 위해 불철주야 노력하면서 하늘의 뜻에 순응한 자연인. 현대인의 관점에서 보면 참 멋없는 인생이다. 그러나 당시 우리 마을에서는 가장 잘 사는 집안이었고 아버지는 부러운 대상이었다. 논밭이 없는 주민들 한두 명을 고용해 농사를 짓고 다음 해에 다시 재계약하는 형태로 운영하다 보니 주인이 앞장서지 않으면 안 될 힘들고 고된 나날이었다.

농번기에는 일손이 모자라 어린 나도 모심기나 수확기에 동원되었다. 힘들거나 꾀가 나서 일하기를 멈추고 장시간 쉬어도 야단치지 않고 내 몫까지 묵묵히 처리하셨던 아버지. 다른 상황에서도 항상 그렇게 하셨다. 그분의 삶에 왜 아픔이 없었겠는가. 몸을 움직여 피붙이를 먹여 살려야 하는, 어깨에 짊어진 모진 운명을 말없이 견디셨다.

중학 시절부터 멀리 떨어져 살았기 때문에 아버지에 대한 생생한 기억이 별로 없다. 초등학교 6학년 추수를 마친 늦가을, 중학교 진학 시험용 보조교재인 수련장을 사러 영산포에 갔다가 돌아오는 마차에 나만 앉히고, 당신은 소와 같이 삼십 리 길을 터벅터벅 걸어서 가셨던 일이 지금까지도 오래 남아 기억에 생생하다.

아버지에 대한 추억은 많지 않아도 유전으로 닮은 점이 몇 가지 있다.

첫째, 건강한 체질이다. 사시는 동안 병원에 가신 일이 없다.

둘째, 식사를 잘하신다. 된밥을 싫어하고 진밥을 좋아하시며 모든 음식을 즐기며 천천히 먹는다.

셋째, 술을 간식으로 여겨 드시고 절대 과음하지 않는다.

넷째, 행동이 느리되 신중하고,

다섯째, 남을 조금이라도 도와주면 주었지, 괴롭게 하거나 손해 보게 하는 일은 절대 없었다.

나는 아버지가 남기신 무언의 유산을 항상 생각하며 살고 있다. 아버지 후손들의 화합을 위해 이복동생이나 어렵게 사는 조카들을 도와주고, 이복 누나들에게도 때마다 선물을 보내며 우의를 다진다. 1년에 한 번씩 돌아오는 제삿날에도 장손이 있지만 내가 주선하여 삼사십 명씩 모여 추모예배를 보고 있다. 이복형제나 조카들에게 가끔 전화하며 친형제 친조카처럼 지내고 있다. 아내에게는 미안하지만, 그것이 아버지에 대한 효도 아니겠는가? 어머니와 달리 아버지라는 말에 눈물은 나오지 않는다. 그러나 아버지를 떠올리면 가슴 저 끝에서 밀려오는 묵직한 슬픔이 있다.

직장을 가진 이후 '백화 수복' 정종병을 들고 자주 찾아뵈었고, 서울에 정착한 후에도 천 리 길을 멀다 않고 가끔 찾아뵈었으며 특히 말년에는 한 달에 한 번 정도 오르내렸다. 어머니에게 못한 효도까지 더하려 함이었을까. 농사로 거칠어진 아버지의 손이 생각날 때면, 아버지가 살아온 날만큼의 노동과 외로움이 느껴진다. 코로나로 일시 멈춰있는 온 가족 추모예배가 오늘따라 몹시 기다려진다.

# 어둠의 자식과 신의 아들

"여보, 도대체 무슨 생각을 하고 있는 거예요. 우리 애를 어둠의 자식으로 만들 작정이에요?"

"한번 생각해 봅시다."

제법 언성이 높아지면서 따지듯 대드는 아내 앞에 일단 급한 불은 꺼야 했다. 대답은 했지만 생각할수록 내 결심은 더욱 분명해졌다. 큰 애의 일생에서 군대 생활은 인내와 시련을 배울 좋은 기회라 생각하고 있었기 때문이다. 다른 일에는 누구보다 정의로운 일에 앞장서며 불의를 견제하고 자신의 생활도 모범적인 아내지만, 자식 일에는 분별력이 마비된 모양이다.

지금은 경제단체에 근무하며 성실한 삶을 살아가는 큰아들의 입대 문제를 놓고 당시 우리 집에는 팽팽한 긴장감이 돌곤 했다. 『어둠의 자식』 이철용 원작을 이장호 감독이 영화로 만들어 유행하기 시작한 이 말은 사회 현상에 따라 '어둠의 자식과 신의 아들'로 바뀌었다. 1992년 그 당시 강남 사회에서는 군에 입대한 청년은 '어둠의 자식'이고 병역면제를 받은 청년은 '신의 아들'이라는 유행어가 퍼졌다.

아내의 말은 "주위의 이야기를 들어보면 우리보다 형편이 못한 아이들도 6방(6개월 방위병 근무)이거나 아예 병역면제를 받는데 당신은 귀도 없느냐?"는 것이었다. 여기에 한술 더 떠서 당시 고등학생이던 딸이 "친구들 사이에 떠도는 이야기인데 군에 가는 아들은 '버려진 아이'로 취급받는다."라는 말을 듣고는 아연실색했다.

그런 사회 분위기이니 아내의 마음도 이해할 수 있을 것 같았다. 인생의 황금기인 20대에 3년이란 긴 세월을 군에서 보낸다면 얼마나 아까운 일이냐. 딱하다는 표정으로 주변 사람들의 위로 말을 들을 때면, 속이 부글부글 끓고 어떤 때는 부모로서 창피한 느낌을 받았다는 아내의 실토를 듣고는 나도 잠시 갈등에 빠질 때도 있었다. 더욱이 당사자인 큰 애도 드러내 놓고 군에 안 가겠다는 말은 않지만 3년간 졸병으로 군에 간 친구가 많지 않다는 말로 자기의 의사를 표시했고 주위의 분위기 때문에 마음이 흔들린 탓인지 아내와는 속말까지 한 모양이었다. 그 당시 강남 사회에서 입대에 대한 부정적 인식 때문에 그런 생각을 한 가족들을 나무랄 수 없었다.

아무튼, 병역 문제로 집안이 편치 않았지만, 아내의 양해하에 92년 5월에 입대하였고 바쁜 생활 가운데 그 문제는 잊혀가고 있었다. 그런데 어느 날 큰 애한테서 온 편지 한 통으로 우리 집은 울음바다가 되었다. 식구들이 쭉 둘러앉아 겉봉을 떼고 편지를 읽던 아내가 울음을 터뜨리자 동생들, 그리고 나까지 눈물을 흘렸다. 내용인즉 구구절절 어려움을 호소했기 때문이다

특별히 남보다 호강스럽게 키운 것도 아닌데 이런 정도의 훈련에 못

견뎌하다니! 우리나라 젊은이들이 너무 연약하다는 생각이 들었다. 아무려면 내가 경험한 것보다는 훨씬 좋은 환경이겠지 생각하며 즉시 편지를 쓰기 시작했다. 나의 논산훈련소 경험을 이야기하고 아무리 어렵더라도 부모의 눈에서 눈물이 나오게 하는 불효를 범해서는 되겠느냐? 참고 견디라는 인내심을 강조한 질책성 편지였다. 군대에서 배울 가장 으뜸 되는 덕목이 바로 인내심이라는 것을 강조했다.

편지를 받고 깨달음이 있은 때문인지 큰 애는 무사히 군 생활을 마치고 건강한 사회생활을 영위하고 있다. "3년 동안의 군 복무가 좋은 경험이며 충분히 의미가 있는 기간이었다."라는 아들의 말이 아니더라도 요즘처럼 병역문제로 시끄러운 시절에는 좋은 결정이었다는 생각이 든다. 그 당시 어둠의 자식으로 입대했던 아들이 요사이 신의 아들(?)로 바뀌어 있으니……

사회의 여론이란 무서운 것이다. 그리고 그 여론을 이끌어 갈 지도층은 그 사회에 책임을 다해야 할 것이다. 앞으로 군을 필한 청년이 '신의 아들'이 되고, 군의 문턱도 밟아보지 못한 아들이 '어둠의 자식'이 되는 여론을 형성해야 우리 사회가 정의롭고 애국적인 사회가 되지 않겠는가? 그렇게 되려면 정책당국의 의지가 중요하다고 생각된다.

5·16 직후 군에 입대하려고 줄을 섰던 많은 청년을 기억한다. 병역 문제는 확실한 개혁을 했던 기억이 난다. 나도 그중의 한 사람으로 취직한 지 얼마 안 된 교사직을 그만두고 입영 연령이 미달된 상태에서 자진 입대한 기억이 지금도 생생하다.

'어둠의 자식과 신의 아들', 우리들의 미래를 위해 곱씹어 볼 말이다.

# 축복을 위한 이별

　만남과 이별. 일생 사는 동안 수없이 겪게 되는 현상이다. 만남은 필연적으로 이별을 불러오는데 이별이란 아쉽고 슬프다. 잠시 떨어져 있을 딸과의 이별도 마찬가지다. 옛날 어렸을 적엔 이별의 대명사가 기적 소리 들리는 기차역이었다. 기차역 하면 영산포역을 잊을 수가 없다. 지금은 나주역에 흡수되어 추억 속에 존재하지만 내가 어릴 적엔 선창가를 지나 영산강 다리를 건너면 영산포역이 다가온다. 그곳을 출발하여 지도책에 나온 선로를 따라 대전 서울 함흥을 왕복하기도 하고 신의주에서 출발하여 평양, 서울 부산역을 상상 속에서 내렸다 타며 만남과 이별을 반복하였다. 그런데 지금은 생활이 국제화로 넓어지며 공항이 기차역을 대체하고 있다.

　얼마 전 나는 김포공항에서 미국으로 떠나는 딸아이를 보내고 나오는 길에 공항이야말로 이별의 장소인 것을 새삼스레 느꼈다. 해외여행이나 국내 업무로 수없이 드나들던 이곳이 갑자기 이별의 대명사로 바뀐 것은 딸 때문이었을까. 태어나서 한 번도 떨어져 살지 않았던 딸아이를 멀리 보내는 순간, 나도 모르게 눈시울이 뜨거워졌다. 떠나는 모습이 안쓰럽기도 하고 대견하기도 했다. 딸을 대하는 따뜻한 표현이 항상 부족했으나 아들보다 각별한 정이 있어 잠시 헤어지는 것도 힘이 드나 보다. 공부하러 떠나는데도 가슴이 찡한 이별을 느꼈는데 수많은 사연을 가진 이별은 얼마나 많았을까. 눈물의 흔적을 찾듯 여기저기 공항 바닥을 살펴보았다.

여자의 행복은 좋은 남편 만나 자식 낳고 즐겁게 사는 거라며 유학을 만류하던 부모를 뿌리치고 자기 하고 싶은 음악 공부를 계속하겠노라고 고집부리며 떠난 딸아이. 그 애가 떠난 다음, 딸의 목소리가 듣고 싶어 저장된 삐삐 번호를 눌렀다. 낭랑하게 들려오는 딸의 음성.

"하나님이 태초에 영림이를 생각하시며, 1999. 7. 28. 영림이를 미국으로 유학 보내시기로 작정하였습니다. 오늘은 내 일생에 중요한 날입니다. 앞으로도 지금같이 깨끗하고 열심히 살도록 축복해 주세요."

사랑하는 딸아, 순수하고 깨끗한 마음을 간직한 채 일생을 살겠노라고 다짐한 아이, 난 너의 앞날이 환히 열리리라 확신한다. 하나님께 너의 건강과 총명함과 지혜로움과 깨끗함과 그리고 이 세상 모든 좋은 것을 주십사고 기도하마. 공항청사를 뒤로하고 이별의 눈물인 양 하염없이 내리는 빗속을 걸어 나와 차에 오르며 지그시 눈을 감았다.

# 외로움을 느끼는 나이

10개월 만에 미국 유학 중인 딸아이가 잠시 다니러 왔다. 오랜만에 온 가족이 모인 자리라 할 얘기가 많아 자정이 넘도록 이야기는 끝나지 않았다. 그동안 우리는 전화로 근황을 알고 있어 할 말이 많지 않을 텐데 이야기의 실타래는 계속 풀려 나왔다. 관심사가 같은 모녀간에는 할 얘기도 많았고, 미국 생활에서 어려웠거나 앞으로 부닥칠 문제에 대해서는 경험이 있는 오빠와 이야기를 주고받았다.

나는 너무 긴 시간이 흘러 그만 이야기를 접고 내일 다시 얘기하자고 했으나 모두 나더러 먼저 자라고 한다. 그러다 보니 아버지인 나만 국외자인 듯 생각되어 갑자기 외로움이 밀려든다. 딸과 아내의 정담에 끼어들기엔 관심사가 달랐고, 딸과 아들과의 대화에 동참하기엔 세대 차이를 느꼈기 때문일까?

아무튼, 나는 가족의 권유대로 먼저 잠자리에 들었다. 침대에 누워 곰곰이 생각해 보니 노인들의 외로움을 이해할 수 있을 것 같다. 갑자기 자식들과 거리감을 느껴 외로움을 느꼈기 때문이리라. 어느새 자식들이 나에게 관심 갖기를 원하는 나이가 된 때문일까, 나의 보호를 필요로 하지 않는 자식들의 나이 때문일까. 이 외로움은 세월이 흐를수록 더욱 깊어갈 것이다.

용혜원 시인 목사님은 '살면서 가장 외로운 날엔 아무도 만날 사람이 없다'라고 가슴을 쓸었고, 이해인 수녀님은 '혼자 바람맞고 사는 세상… 아! 삶이란 이렇게 외롭구나'라고 한숨 쉬며 외롭다 했다. 하기야 '외로우니까 사람이다. 살아간다는 것은 외로움을 견디는 일이다'라고 정호승 시인은 깊은 소리를 반복하였다. 나도 사람이니 외로울 수밖에.

아직 활발히 사회활동을 하는 나의 경우도 그렇거늘 하물며 나이가 많고 할 일 없는 부모들이야 어떠하겠는가? 그러나 아무리 외롭고 어려워도 이 세상 부모들의 자식에 대한 사랑은 지극하다는 것을 보았다. 얼마 전 아내와 같이 장모님을 방문했을 때 구순의 장모님은 당신의 어려움은 잊고 딸의 건강(고혈압)을 걱정하시며 눈시울을 적시는 것을 보았다. 그때는 아무렇지 않게 큰 감정 변화가 없던 아내는 어제 딸아이가 공항 입국 출구를 빠져나오자마자 순식간에 들고 있던 꽃다발이 땅에 떨어지는 것도 잊은 채 꼭 껴안고 울먹이는 것이었다.

'딸을 사랑하고 관심 갖는 것의 절반만이라도 장모님에게 관심을 갖는다면 효녀상을 받을 텐데……' 나는 이런 생각을 하면서 부모들의 내리사랑을 다시 확인하였다. 곱든 밉든 부모는 자식을 사랑하며 못생기고 불구인 자식일수록 더욱더 가슴 아프게 생각한다. 자식이 알거나 모르거나 상관없이 거저 주는 사랑이 부모의 사랑이다. 이 사랑을 느끼는 자식은 절대로 탈선할 수 없다. 아니 탈선했다가도 금방 제자리로 돌아올 수밖에 없을 것이다.

며칠 전 어버이날, 결혼을 앞둔 큰아이가 저녁 시간을 비워두라면서 힐튼호텔에서 공연하는 나훈아 디너쇼 입장권 2매를 건네주었다. 장래

며느리 될 여자 친구가 구입한 것이란다. 고맙고 기특해서 부푼 마음으로 지정 좌석에 가보니 장래 사돈 될 내외분도 와 계셨다. 사위 때문에 생전 처음 좋은 구경 했다고 칭찬하는 사돈 내외분의 말씀이 아니라도 젊은 애들 마음 씀씀이가 너무 고마워서 행복한 밤을 보낸 일이 생각난다. 이 세상의 자녀들이 이처럼 부모들의 사랑을 알고 부모님께 조금이라도 관심을 가질 때 부모들은 노년의 외로움을 조금이나마 덜 수 있지 않을까?

# 기대와 현실 사이

"세상은 자본의 논리를 강조하지만, 이 병원을 찾는 이마다 사랑을 느끼게 하시고 베푸는 자에게 주시는 하나님의 사랑이 이곳에 넘치게 하시옵소서."

둘째 아들 병원 개업하는 날 드린 예배 기도문 중 일부다. 그날은 감격스럽고 기쁜 날이었다. 기도하던 중 울음이 솟구쳐 함께한 가족들이 놀랄 만큼 목이 메었다. 의대 6년, 인턴 1년, 레지던트 4년 군의관 3년, 멀고 험한 길을 무사히 마치고 새로운 여정을 시작하는 첫날의 감격에 당사자는 물론이고 온 가족은 기쁨에 넘쳤다. 중학교 2학년 때부터 공부에 몰입하더니 부모의 간섭 없이 스스로 성적을 올려, 서울의대에 합격해 의사가 되기까지 우리 부부에게 자존심과 꿈과 기쁨을 준 아이. 어느덧 의사가 되어 어려운 환자를 도울 수 있다는 생각에 이르자, 중학교 때 어머니를 업고 병원에 가면 무료로 치료해줬던 의대 교수가 생각나 기도를 중단할 만큼 뜨거운 눈물이 나왔다.

자녀들의 성공은 돈으로 살 수 없는 행복이다. 병원을 개업하고 나니 여기저기서 혼담이 들어왔다. 어떻게 알았는지 결혼중개업체에서 신부 프로필을 들고 만나자 했다. 친척이나 지인 또는 중개업체를 통해 밀려드는 혼담 때문에 선보는 시간을 조정하느라 한동안 즐거운 고민을 하면서도, 우리보다 훨씬 좋은 집안에서 혼담이 들어오니 성사 여부와 관계없이 어깨가 으쓱했다. 그중에서 가장 기억에 남는 혼처는 친구 부인이 소개한 준재벌급의 상속녀였다. 서로 양가 사정을 알 수 있는 상황이고 지인이 힘을 더해 양가 부부 그리고 신붓감 모두 적극적인데 당사자인 아들만 반대해서 결국 무산되었다.

그땐 조금 아쉬웠지만, 신실한 부부생활로 지금까지 행복한 가정을 가꿔가는 둘째 아들 모습을 보면 현명한 결정이었다고 생각한다. 현재 며느리는 의사인데 성격이 좋아 손자 두 명과 함께 네 식구가 알콩달콩 재미있게 사는 것을 보면 항상 흐뭇하다. 믿음직한 큰며느리와 함께 우리 집안의 보배다. 가정의 행복은 화평인데 삼 남매 모두 오순도순 살고 있어 참으로 감사하다. 큰아들은 교회 신자 소개로 만나 소개팅으로 신앙 가운데 맺은 커플이고, 막내딸은 외무부에 근무하는 둘째 아들 친구의 소개로 외교관을 만나 잘살고 있다.

나는 우리 가족 모두 자주 만나 먹는 즐거움과 함께 담소하며, 여행도 같이하고 취미생활도 함께하는 소확행, 이런 행복을 꿈꾸었다. 어느 땐가 삼 남매에게, 결혼해서 가까운 곳에 집을 마련하고 자주 만나 담소하며 취미생활이나 여행도 함께하는 가정을 갖고 싶다는 희망을 말했던가 보다. 그중에는 남녀 한 팀씩 골프 모임 만드는 것도 있었는지, 아빠 소망을 이루기 위해 골프를 시작해야겠다는 딸의 말에 한바탕 웃었다. 마음 맞는 짝을 만나 오순도순 사는 꿈은 이뤘으나 서울에 집 마련은 공기 좋은 서울 근교로 바꿨고 토요일도 근무하는 의사 가족 때문에 함께하는 여행도 쉽지 않다. 그래도 식사 모임은 자주 하는

편이다.

　나는 '사랑나무재단'을 이끌어갈 후손인 손자 손녀 6명에게 관심이 많다. 그래서 어려서부터 견문을 넓히기 위해 여행을 권하였고 내가 직접 주선해 국내외 여행을 자주 하였다. 그런데 둘째네는 시간을 못내 빠지는 경우가 많다. 부부 의사라서 경제적인 여유는 있지만, 삶의 질에선 아쉬운 점이다. 그런데 코로나가 횡행하면서 경제적인 여유도 줄어들고 있어 걱정이다. 코로나 상황이 끝나도 습관화된 건강수칙을 잘 지켜 이비인후과 운영이 어렵게 되면 전직해야 할까보다는 아들의 말을 듣고 시련을 통해 단련함으로써 무언가 새로운 계획을 갖고 계실 하나님이 떠올랐다. '사랑나무재단'이 빛 보는 날, 의사 부부가 할 일이 있지 않을까. 지금까지 동행하며 여기까지 이끌어주신 분께서 무언가 해주실 것이라는 확실한 믿음이 있다. 둘째가 어떤 경우에 처하더라도 지금까지 우리에게 안겨준 자존감과 기쁨만으로도 평생의 효도는 한 셈이다.

　자랑스럽고 기대가 큰 의사 부부, 그러나 현실은 삼 남매 모두 비슷비슷한 소확행의 삶을 살고 있다. 절친했던 친구가 취미생활이나 사회적 여건의 변화에 따라 서서히 소원해지는 경우를 보면서, 삼 남매 중 어느 하나가 너무 앞서 교만해지거나, 너무 어려워 자존감을 잃는 것보다는 비슷하게 살면서 형제자매간 사랑으로 뭉친 사이가 되기를 바란다. 대한상공회의소에 다니는 큰아들 네 식구, 외교관의 아내로 뉴욕에 있는 딸 부부 네 명, 그리고 둘째네 네 명. 우리 가족 14명이 어떤 사명을 갖고 '사랑나무재단'을 키워갈지 기대가 된다.

# 엉뚱한 생각

　하루 일정을 정리하고 조용히 서재를 찾는다. 따끈한 녹차 한 잔으로 모처럼 여유를 즐긴다. 바람에 흔들리는 창밖 나뭇가지들을 보고 있으려니 문득 멀리 떨어져 있는 큰애 생각이 난다. 곁에 있을 때는 아버지의 근엄함을 보이려고 강하고 엄하게만 대했던 나의 모습이 어떤 모습으로 비췄는지. 무슨 일이 있는 건 아닐까, 어디 아프지는 않을까 걱정되고 이렇듯 사무치게 보고 싶은 내 마음을 얼마나 알고 있을지. 만약 나의 마음을 알아내는 컴퓨터가 아들에게 있다면 아버지에 대한 고마움으로 더욱 열심히 공부할 수 있을 것 같다는 '엉뚱한 생각'을 한다.

　문명이 발달하여 각 분야의 발전 속도는 광음같이 빠르다. 더욱이 컴퓨터 분야에선 인간을 비인간화할 정도로 급성장하였다. 인간의 두뇌를 닮은 복제인간까지 만들어 낸다니 언젠가는 사람의 생각도 감지하는 컴퓨터가 등장할 것 같은 생각이 드니 돌연 걱정이 앞선다.

　서로의 이익이 상호 충돌하는 과정에서 다양한 생활상이 전개되는데 이 세상 모두가 강요된 선으로 꽉 메워진다면, 숨 막히는 인간사회가 될 것이다.

　완벽한 사람에게서 인간미를 느낄 수 없듯이, 울고 웃고, 즐겁고 슬픈 일, 짠맛과 싱거운 맛 같은 이율배반적인 요소들이 적당히 배합되어 있어야 살맛 나는 세상이 아닐까?

물론 천차만별인 개개인의 생각을 일일이 알아낸다는 것은 불가능할 것이지만 만약 어느 과학자가 사람의 생각을 읽어내는 컴퓨터를 발명해 낸다면 인간 정신은 말살될 것이다. 또한, 사고하는 동물이라는 인간의 특성을 그 어디에서도 찾아볼 수 없을 것이다.

무릇 인간의 생각이란 천사와 악마 사이를 자유자재로 넘나들고 선과 악을 동시에 생각할 정도로 변화무쌍하기 때문이다. 겉으로 표현할 수 없는 사랑하는 마음을 상대방이 먼저 알거나, 그 사람에 대한 애증이 교차할 때마다 내 생각을 모두 알아버린다면… 기업을 이끌어 가는 경영자와 임원진이 서로의 마음을 알고 한뜻으로 뭉칠 수 있다면 좋겠지만, 그렇지 못할 경우 상대방의 의중을 컴퓨터를 통해서 훤히 들여다본다면, 사업상 라이벌인 K 씨를 넘어뜨리기 위한 계략을 세우려는 순간 K 씨가 컴퓨터를 통하여 이를 미리 알아버린다면, 사랑스러운 여인을 만나 데이트하겠다고 생각하는 순간 컴퓨터를 통하여 아내가 이를 알아차린다면… 우리는 그야말로 개성 있는 그 어떤 생각도 할 수 없는 숨 막힌 생활을 할 수밖에 없고, 선하고 올바른 생각만을 강요당하는 생활이 지속될 수밖에 없을 것이다.

너무 급속히 발전하는 과학 문명 속에서 노파심에 잠시 '엉뚱한 생각'을 해 본다.

# 덧셈과 뺄셈

"곳간에서 인심 난다."

어머니가 늘 하시던 말씀이다. 누구에게 베풀고 싶어도 비어 있는 곳간 때문에 그럴 수 없는 상황을 한탄하신 자조 섞인 말씀이다. 이 말이 나에게는 일생의 좌표가 되었다. 운명적으로 타고난 성품인지 누구에게나 무엇이든 주고 싶은데, 곳간이 비어 있으니 줄 것이 없었다. 그래서 그 곳간을 채우기 위해 평생 노력했고 지금도 심혈을 기울여 애쓰고 있다.

어머니가 말씀하신 곳간은 곡식 창고였지만 나에게는 점차 지식, 지혜, 건강, 신앙으로 곳간의 종류가 확장되고 다변화되었다. 다양한 종류의 창고를 채우려면 덧셈의 철학이 필요하다. 무엇인가 계속 넣어 더하기를 해야 곳간이 채워진다.

6월 중순 초여름인데도 무척 덥지만, 아침 일찍 헬스클럽 다녀와서 오후에는 탄천을 걷고 있다. 땀을 흘리며 많은 사람 틈에 끼어 덧셈 건강을 실천하기 위함이다.

'알아야 면장을 하지'라는 말이 있다. 지식과 지혜 창고가 채워져야 바른 행정을 할 수 있고, 재물이 곳간에 쌓여야 이웃에 베풀 수 있다. 교회에서 열심히 봉사하는 자는 섬기는 정신이 쌓인 자이고, 봉사하는 단체에 열심히 참석하는 자는 사랑이 넉넉한 자이다. 더하기보다 빼기가 많다 보면 곳간은 점차 비게 되고 그 결과는 참담하다. 건강마저 잃고 텅 빈 창고에서 슬퍼 울며 타인의 의지에 좌우되는 종 같은 인생이 될 뿐이다.

정치권을 살펴봐도 뺄셈 정치를 해서 집권에 성공한 사례가 없다. 잘나가던 집권당이 파당을 이뤄 싸우다가 갈라서면 세력이 급격히 약화되어 몰락하고 만다. 또한, 국민을 오도해서 민심이 이반하면 정권을 잃게 된다. 덧셈이냐, 뺄셈이냐, 이 문제는 정치인에겐 절체절명의 숙제다.

기업도 마찬가지다. 그 곳간이 좋은 이미지로 채워져야 하는데 나쁜 일이 자주 생기면 소비자나 외부로부터 외면받아 오래 못 간다. 특히 기업의 운명은 그곳에 종사하는 사람들에게 달렸는데 종업원과 함께 하려는 사랑하는 마음이 가득한 회사라야 크게 성장하며 장수한다. 훌륭한 인재가 오지 않고 오히려 도망가는 회사는 결국 뺄셈의 회사가 되어 망하게 된다.

나는 삼 남매에게 멀리 보는 삶을 권한다. 자전거를 탈 때 멀리 봐야 똑바로 가듯이 인생도 눈앞의 조그만 것에 집착하면 실패하기 쉽다. 하찮은 것 같지만 음식점에서 메뉴를 정할 때 나는 한 가지 덧셈의 원칙이 있다. 내가 살 때는 맛있는 것 비싼 것을 권하지만, 상대방이 살 때는 부담 주는 것이 싫어 그 반대다. 다행히 어느 음식이나 가리지 않고 먹으니 그것도 은혜다.

자기 욕심만 채우고 날카롭게 보이는 사람 주위는 항상 허전하다.

자기 딴엔 유능하다 할지라도 팽이가 혼자 돌 수 없듯이 뺄셈 철학으로 혼자 남으면 넘어지게 되어있다. 오히려 내면은 꽉 찼지만 조금 모자란 듯 수더분한 사람 옆에는 맛있는 냄새를 맡고 물고기가 몰려들 듯 여러 사람이 몰려든다. 그 가운데에서 여러 좋은 아이디어가 나오고 그것을 활용한 많은 소산물이 넘쳐 공유하는 덧셈의 인생, 이것이 성공한 삶이 아닌가.

나는 삼 남매 부부와 손자 손녀 6명에게 시간 있을 때마다 유언처럼 말한다. "하나님은 우리 인간들이 즐겁고 행복하게 잘 살기를 원한다. 힘써 배우고 부지런히 노력해서 빈 곳간을 가득 채워라. 그리하여 풍족하고 여유롭게 살되 그 대신 전남 구례 운조루의 뒤주에 쓰인 '타인도 열게 하여 주위에 굶주린 사람이 없게 하라'는 교훈처럼 혼자 먹지 말고 가난한 이웃과 나누어라. 그러면 대를 이어 복을 주실 것이다." 덧셈 철학으로 곳간을 채워 뺄셈이 아닌 나눔의 철학으로 곳간을 비우는 삶.

그것이 '사랑나무재단'의 꿈이며 목표다.

# 더 밝고 넓은 세상을 살아갈 후손들에게

**내 일생 삶을 통하여 얻은 경험과 지혜를 후손들에게 남기고자 한다.**

1. 지혜를 얻기에 힘쓰라.
    성경은 지혜의 보고다. 주옥같은 말씀뿐 아니라 추하고 악한 것까지도 사실대로 기록되어 있어 삶의 좌표가 될 것이다.

2. 무조건 가족을 사랑하여 화합하라.
    삶에서 가장 중요한 것은 사랑이다. 말로만하는 사랑이 아니라 내 삶을 떼어준다는 심정으로 실천하고 행동으로 보여주어 화합하여야 한다.

3 선택이 일생을 좌우한다.
    삶의 중요한 고비마다 선택이 중요하다. 수많은 길 중 어디로 가야하는가는 내 의지도 들어가지만 절대자의 힘이 작용 한다. 기도가 필요한 이유다.

4. 큰 꿈을 가져라.
    꿈이 없는 인생은 죽은 거나 마찬가지다. 되도록 큰 꿈을 꾸어야 절반이라도 이룰 것이다. 미래는 지구를 넘어 우주로 향하는 세상이 될 것이다. 우주와 같은 큰 꿈을 가져야 한다.

5. 힘써 도전해서 얻어야 내 것이 된다.
    광야를 지나야 가나안이 나오듯 시련과 단련을 거친 후에야 만나를 주신다.

6. 나눠주는 삶을 살아라.
    가난하고 고통 받은 자의 눈물을 닦아주며 돕는 삶을 실천하면 보람 있고 모든 일이 잘 될 것이다. 성공해서 풍족하게 생을 누리되 주위사람과 함께 나눠라.

## 7. 덧셈 인생을 살아라.

인간은 사회적 동물이다. 그 사회, 조직에 도움이 되는 삶을 살아라. 너희들이 속한 사회가 100이라는 목표를 세웠다면 최소 100이상은 되어야 덧셈 인생이 되지 않겠니.

## 8. 자유인의 삶을 살아라.

되로 받으면 말로 주어라. 받기를 바라는 삶이 아닌, 무엇이든 주기를 즐기는 사람이 자유인이다.

## 9. 공짜는 없다.

유혹에 빠지지 마라. 인간은 이기적 동물이다. 지피지기. 상대방을 믿되 잘 살펴야 된다.

## 10. 가능한 한 분쟁을 줄여라.

우리의 삶은 관계의 연속이다. 시간과 공간속, 누구를 만나는가에 따라 인생 항로가 바뀐다. 살다보면 수없이 많은 다툴 일이 생기지만, 가능하면 양보하되 결정적인 순간에는 승리해야 한다. 최상의 방법은 분쟁에 접근하지 않는 것이다.

## 11. 배려하는 마음으로 살자.

인간은 불완전한 존재이기에 수많은 부도덕과 죄와 잘못을 저지른다. 그럼에도 신은 중심을 보시고 판단한다. 그 중심은 애통하며 공감하는 마음, 즉 약자를 보살피는 마음이다.

## 12. 세대를 뛰어넘는 미래를 설계하라.

손자손녀들이 점프할 수 있는 기초를 준비해야 가문의 미래가 열린다. 후손들이 영속적으로 지경을 넓힐 수 있는 설계가 필요한 이유다.

# 나의 꿈, 사랑나무

내가 꿈꾸는 재단이
자녀는 물론 세대를 뛰어넘어
손자 손녀들의 신앙 좌표가 될 수 있도록
꾸준히 가르치고
그들의 가슴에 사랑이 넘치도록
기도할 것이다.
그리고 삼 남매는 그들의 손자 손녀들에게.
그러면 사랑나무는 시들지 않고
영원히 자랄 것이다.

# 보이지 않는 손

'필리핀 일로일로 사랑의 교회.' 내가 처음 건축 헌금드리며 기적을 체험한 곳. 그리고 마음 가득 은혜받은 곳이다. 이곳으로부터 일어난 모든 것은 보이지 않는 손에 의해 이루어졌다.

이 교회를 세우신 선교사님은 구한말 황실 예배를 담당하던 장로님의 후손이며, 한참 성장하던 좋은 회사에서 안정된 직장 생활을 했다. 사모님 말로는 누구보다 호화로운 생활로 풍족하게 살았다고 한다. 그러나 주변의 만류에도 아랑곳없이 안정된 직장을 버리고 사업을 시작하고부터 그 인생이 꼬이기 시작했다.

사업이 망하자 재산은 모조리 없어지고 주변 사람들에게까지 손해를 끼치니 누구에게도 의지할 수 없는 처지로 전락하였다. 오갈 곳 없이 맞닥뜨린 심연의 바닥. 그곳에서 어떤 음성을 듣고 자기 조상을 떠올리며 목회자의 길을 선택했으나 막막하기는 마찬가지였다. 마침내 떠밀리시다시피 해외 선교의 길을 선택할 수밖에 없었고 영어로 선교할 수 있는 필리핀, 그중에서도 안전한 교육도시 일로일로에 둥지를 틀려고 기도할 때 우리 가정과 연을 맺게 되었다.

피아니스트가 꿈이었던 막내딸은 미국에서 석사과정을 마친 후 귀국하여 연세대 음악대학원에서 피아노 박사과정을 이수 중이었다. 어느 날 아내가 딸의 통장을 보더니 놀라서 달려왔다. 매월 적지 않은 금액이 일정하게 빠져나간다는 것이다. 부모한테 용돈을 타서 쓰는 처지라 딸에게 그 연유를 물었다. 딸의 대답은 놀라웠다. 친구와 함께 기도 중에 K선교사님에게 헌금하라는 응답을 받았다는 것이다.

나중에 필리핀 선교사님께 들은 바로는 첫 번째 헌금 후원자가 내 딸이었고 이에 많은 용기를 얻었다고 했다. 나는 딸에게 꼭 헌금을 해야 한다면 내가 할 테이니 계좌를 달라고 했다. 그때부터 나의 선교 후원 활동이 시작되었고 선교나 구제, 어려운 이웃을 위한 재단법인 설립에 대한 꿈을 꾸기 시작하여 오늘에 이르렀다.

선교사님이 한국에 오실 때 잠깐 만나긴 했지만, 그곳에 가보지도 않고 어떤 분인지 무슨 사역을 하는지 잘 모른 채 일로일로 사랑의 교회에 대한 후원은 계속되었다. 매월 후원금뿐 아니라 특별헌금도 보내면서 어언간 10여 년이 흘러갔다.

그때 내 증권투자 사업은 정말로 어려운 지경이었다. 턱없는 욕심 때문인지 판단 능력이 마비되어 과다한 신용거래로 한 종목에 모두 투자하는 소위 몰빵 투자를 했다. 주식 투자의 ABC도 모르는 사람이나 하는 상상할 수 없는 어리석은 짓을 한 것이다. 그 결과는 주식가격이 내려가면서 담보 부족으로 반대 매매 당할 지경이었다. 현금 조달할 수 있는 곳은 모두 동원하여 더는 손 쓸 수 없는 상황이 되었고 주가가 조금만 더 내려가면 파산당할 지경에 처했다.

후반기 생애 최대의 시련 기간이었고 밤잠을 잘 수 없는 지옥 같은 생활이 계속되었다. 온 가족이 근심하며 함께 기도하기에 힘썼다. 딸이

미국에서 보내온 기도 응답 내용을 보다가 눈물이 왈칵 쏟아지고, 필리핀 선교사의 기도 응답 메일 내용에 대성통곡했다. 딸은 "하나님이 반드시 위기를 벗어나게 하신다." 했고, 선교사님은 "창피당하지 않게 할 것이다."라는 극히 평범한 말인데도 너무 힘든 상황이었던지 격한 감정을 누를 수 없었다. 더 물러설 수 없는 극한상황에 이르러서야 우리들의 기도 소리를 들으신 걸까?

신은 험난한 낭떠러지 협곡 가장자리까지 몰고 가서 완전히 초주검 상태에 이른 후에야 그의 포근한 손을 내밀어 깊고 넓은 협곡을 가뿐히 넘어가게 해 주셨다. 말도 되지 않은 풍문이 바람을 일으켜 상한가를 치면서 대박이 났다. 기적이랄 수밖에 없었다.

지옥에서 천당으로 간 것 같은 이런 기적을 간절한 기도의 응답이라고 하는 건가? 기쁨과 감사로 정신이 혼란한 가운데 가장 먼저 생각나는 것은 필리핀 일로일로 교회에 가보고 싶다는 것이었다. 여행이나 골프, 여러 가지 목적으로 해외로 나가는 경우는 많았지만, 선교와 관련해 해외에 가는 것은 처음이었다. 숙소에 여장을 풀고 교회를 방문해 보니 십여 년이 지났는데도 재정 상태가 어려운 것을 느낄 수 있었다. 조그만 임시 건물에서 예배드리며 큰 본당을 짓기 위한 기초 터만 다지고 있었다.

본당 건축 문제로 그동안 한국 어느 교회와 투자 상담을 했으나 조건이 맞지 않아 그만두고 다른 여러 곳도 접촉해 봤으나 뾰족한 수가 없어 기도 중이라고 했다. 교회 짓는 후원에 무슨 조건이 있었을까 의아해하면서 "이걸 짓는데 얼마면 될까요?"하고 물었다. "약 2억 정도면 될 것 같네요." 나는 선교사님 말씀을 듣는 순간 "이 문제를 해결하라."라는 그분의 음성을 듣는 것 같았다. 나에게 맨 먼저 이곳이 생각나도록 인도하신 그분. 그러나 나 혼자만의 결심으로 될 일이 아니었다. 매월 송금하는 후원금 정도도 탐탁지 않게 생각하던 아내가 동의할지 걱정되었다.

숙소로 돌아온 나는 아내를 설득하기 시작했다. "이번에 우리를 죽음의 계곡에서 단련하여 큰돈을 벌게 된 것은 분명 신의 뜻이다. 우리가 이곳에 온 것도, 기초 터만 닦아 놓은 교회 부지를 보여준 것도 결코 우연이 아니다. 하나님의 뜻에 따르자."라고 설득했다. 처음에는 완강하게 거절하던 아내도 마침내 승낙했다. 선한 일에 쓰이는 재물이 부부간 분쟁의 원인이 된다면 아니함만 못하지 않은가. 귀한 헌금을 아내와 뜻을 함께하니 더욱 감사했다. 다음날 선교사님께 소요 예정액을 약속하고 귀국하였다.

바로 건물 짓기가 시작되었고 진행 정도에 따라 송금 완료하기까지 그리 긴 시일이 걸리지 않았다. 송금 방법은 개인 자격으로 하지 않고 내가 다니는 교회를 통하여 후원했다. 내가 후원했으니 내 교회라는 집착을 버리기 위함이다.

교회 건물이 완공된 후 준공식 예배에 우리 교회 담당 장로님 두 분과 함께 참석하여 2층으로 지어진 300여 평의 아름다운 예배당 건물을 둘러보니 감격스러웠다. 귀국하는 길에 선교사님 손위 누나와 같은 비행기를 타게 되었다. 내가 사는 바로 옆 동네에 사셔서 오랜 시간 대화할 시간을 가졌다. 선교사님 집안에 큰 부자는 없어도 먹고 살 정도는 되는데 동생 선교 사업에 보탬을 주지 못한다며 아쉬워했다.

그러면서 "가까운 친척 동기간도 후원을 못 하는데 그 좋은 건물을 지어준 분은 누굴까요, 기적입니다. 기적을 봤다 하는 말은 들었지만 정작 내 동생에게 그런 기적 같은 일이 생겼다는 것은 꿈만 같아요." 진심으로 기뻐하며 놀라워한다는 느낌을 받았다.

나는 한참 머뭇거리다 고백을 했다. "그것이 기적이라면 그런 일을 대신 한 사람은 나고, 저에게 기적을 주신 분은 바로 하나님입니다."라고 말했다. 기적도 전염성이 있는가 보다. 나에게 일어난 기적이 선교사님에게 전파되었고 그다음은 어떤 길로 전파될까?

보이지 않는 손은 지금도 부지런히 움직이고 있을 것이다.

# 새로운 60년을 향하여

퇴근하여 집에 들어서자 장미, 튤립, 들국화로 어우러진 예쁜 꽃바구니가 보였다. 거기에는 '축 회갑' '한얼회 회원 일동'이라고 곱게 쓰인 리본이 달려 있었다. 죽을 때까지 하나의 '얼'로 살아가자는 의미로 사범학교를 졸업하던 해 만든 모임이다. 회갑을 축하하는 꽃바구니를 받고 보니 60년이란 긴 세월이 주마등처럼 스쳐 갔다.

텃골 방죽에서 멱 감다 죽을 뻔했던 유년 시절부터 정겨웠던 초등학교 시절, 예수님을 처음 만났던 중학교 시절, 고독에 휩싸여 독서에 파묻혔던 사범학교 시절, 페스탈로치가 되겠다고 열정을 바쳐 어린싹을 가르쳤던 교사 시절. 그리고 완전히 딴 세상을 맛보게 했던 세무공무원 시절을 거쳐 세무사 개업에 이르기까지 많은 사건이 무대에 등장해서 사라지곤 했다.

세계에 수십억 인구가 살고 있지만 나와 똑같은 길을 걸어온 사람은 오직 나 하나뿐일 것이다. 내가 믿는 신은 나를 위하여 지금까지 길을 인도하셨고 앞으로도 그분이 목적하는 길로 이끄실 것이다. 60년 동안 참으로 험난한 길도 많았지만, 곧 평탄한 길로 보내주셨고 백척간두에 서서 낭떠러지로 떨어질 뻔한 고비에서는 더 높게 비상할 기회를 주심과 동시에 다시 일어나 올라갈 힘도 주셨다. 그때마다 나는 참으로 은혜를 많이 받았다고 생각했다. 크나큰 시련을 주신 후 더 큰 재목으로 쓰기 위함인가, 당신의 의도대로 되지 않을 땐 깨달음을 주기 위한 채찍이었나 보다.

나 자신의 됨됨이에 비해 너무 많은 복을 받았다. 현명한 아내와 우리 부부보다 더 진실한 삶을 살아갈 2남 1녀의 자녀도 주셨고, 가족 모두 병원에 입원하지 않을 만큼 건강한 삶을 주시며, 불우한 이웃을 도울 만큼 넉넉한 재물도 주셨다. 또한, 한국세무사회 부회장에 당선되도록 명예도 주셨고, 친구들로부터 '우당(友堂)'이라는 호를 받을 만큼 사랑도 받았다. 많이 받은 것에 비해 무엇을 했는가, 자문자답해 본다.

새로운 60년에는 이 과분한 복의 씨를 큰 나무로 가꿔 그 열매를 주위에 돌려주는 일을 하고 싶다. 경영학의 귀재 피터 드러커 교수는, 인생은 60부터라고 했고 가장 활발한 연구 업적을 60세 이후에 이루었다고 한다. 나도 회갑이 되는 날부터 새로운 60년을 설계해 본다. 지금까지 살아온 것과 달리 무엇인가 '이름 석 자' 남길 일을 계획할 것이다. 이는 일찍 저세상에 가셨으나 평생 내 가슴에 함께 계신 어머니의 바람이기도 하다. 비록 내 생전에 미완성될지라도 꿈은 항상 소중한 것이니까 깨트리지 않도록 조심조심 간직하면서 이루어질 수 있는 계획을 하고 싶다.

고독했던 청년 시절엔 『병든 인간』이란 제목으로 온 세상 사람들의 심금을 울릴 소설을 쓰고 싶었고 그 후엔 요절한 가수 배호처럼 가슴을 파고드는 노래를 부르고 싶었다. 세월은 흘렀고 회갑인 이 시점 '네 적성에 맞는 직업은 남을 도와주는 고아원이나 양로원이야'라는 학생 시절 적성검사 결과가 불현듯 기억되는 것은 무슨 연유일까. 순진하고 미래에 대한 설계도 없던 그때부터 신은 회갑 이후를 계획하였을까? 받은 복은 이미 다른 곳에 다 썼는데, 신은 나에게 무엇으로 어떻게 인도할지 궁금하다. 꿈은 원대한데 씨는 이제 싹트고 있으니……

# 나의 꿈, 사랑나무

내가 꿈꾸는 재단은 세계에서 유일무이한 형태의 재단이 될 것이다.

신이 허락한다면 사랑나무재단에서 할 선교헌금은 광야에서 길을 잃고 헤매는 자에게 도움이 되고 목마른 자에게 한 모금 생수의 역할을 하게 될 것이다. 믿음의 조상 아브라함부터 이삭과 야곱, 그 후손들이 번성하듯 처음은 미약하지만 창대한 재단으로 성장하여 예수님 사랑을 실천하는 빛과 소금이 될 것을 확신한다.

흙에서 나와 흙으로 돌아가는 인생. 그동안 벌어서 먹고 즐기기에 바빴는데 회갑이 되어서야 이 세상에 왔다 간 흔적을 어떻게 남길까 고민했다. 지난 세월을 돌이켜 보니 보람된 어떤 것을 만들어 놓지 못하고 시간만 흘려보낸 것이 후회된다.

우연히 딸이 헌금하는 K선교사를 알게 되어 그 선교헌금을 내가 대신하면서 차츰 예수님께 더 가까이 가게 되었다. 새벽기도에 참석하며 성경 말씀을 들으면 들을수록 예수님 사랑을 느낄 수 있었고, 그 사랑을 내가 대신하고 싶다는 생각이 깊어지면서, 그 뜻과 가르침을 실천할 단체가 필요함을 느꼈다. 이것이 바로 재단법인 설립을 구상한 동기다.

'재단법인'이라 하면 간혹 좋지 않은 인식도 있다. 재벌의 방패막이로 사용하든가 돈벌이 혹은 명예 때문에 만든 형식적인 것 등, 부정적인 재단이 많기 때문이다.

처음 재단법인 이야기를 꺼냈을 때 관련 부처 고위직을 지낸 친지가 한 말에 상처도 입었다. 그는 임기 동안 잘못된 재단들의 행태를 많이 본 때문인지, 내가 혹시 재단을 핑계로 출연을 요구할까 봐 미리 선을 긋는 것 같은 느낌도 받았다. 내가 구상하는 재단은 아내나 아들, 딸은 물론 어느 사람의 돈도 아닌 순수하게 하나님이 만들어주신 자금으로 운영할 계획이다.

겁도 없이 결심은 굳어 가는데 재원 마련이 문제였다. 기도 끝에 부동산을 처분하고 남은 5억을 증권에 투자하기로 마음먹었다. 그동안 주변에 수십억씩 재단에 출연해서 고생만 하고 그만두는 경우를 보았다. 기본 재산 외에 계속 수입이 없으면 기부를 취소하거나 멈추게 되어, 오히려 시작하지 않는 게 좋다는 경험담도 들었다. 그들 대부분은 그럴 돈이 있다면 필요한 곳에 일시에 기부하라며 재단 설립에 반대했다. 물론 내 계획을 상세히 안 밝힌 이유도 있지만 재단 운영의 어려움을 느낄 수 있었다.

그래서 먼저 재단에 매년 출연할 수 있는 영리 법인을 만들고 그 법인의 수익금 일부를 재단에 기부한다면 꿈꾸는 사업이 영속할 수 있다고 믿어 법인설립을 계획했다. 투자 수익이 어느 정도 늘어나자 삼 남매에게 일정 금액씩 현금 증여하여 증권계좌를 만들고 투자한 결과, 봄에 새싹 자라듯 무럭무럭 자라나 법인설립을 고려할 때가 되었다. 그동안 K 선교사님 외에 탈북민, 미혼모, 고려인 마을 등 기부처를 늘려가면서 돈 버는 이유를 가족 모임 있을 때마다 설명했지만 충분히 이해하지 못했다. 그래서 원대한 계획을 가족에게 발표하고 이해를 구하기로 했다.

먼저 우리 가족 5인 공동출자로 영리법인을 만들고 그 법인의 재산이 예상 목표에 도달하면 그 재산의 30%를 출연하여 재단법인을 설립한다. 나머지 70%는 영리법인의 재산으로 운용하되 매년 그 경영이익의 30%는 주주에게 배당하고 30%는 재단에 출연하며 40%는 회사에 유보하여 새로운 사업을 추진하면 영리 법인과 재단 법인이 똑같이 매년 성장하게 되어 영속적인 사업을 할 수 있다. 재단의 운용수익 거의 전액을 예수님 사랑 실천하는 일에 사용해도 기본 재산은 유지된 채 목적사업을 할 수 있다. 이에 더하여 매년 영리법인에서 추가 기부된 30%가 쌓여 해가 갈수록 재단의 규모가 커가는 구조다.

이 사업은 세대를 이어갈 장기적이고 영속적인 사업이기에 삼 남매가 동의하지 않으면 추진할 수 없고, 설립을 반대한 지인들 말대로 한 곳에 기부하고 꿈은 접어야 할 것이다. 재단 사업이 손자, 증손, 고손 대대로 이어지려면 후손이 번창하고 그들이 예수님 사랑을 실천하는 신앙인이 되어야 하기 때문이다. 하나님 사랑을 받고 그 사랑을 나눠주는 삶을 영위하기 위해 재단이라는 사랑나무를 만들어 그것을 정성껏 가꾸어야 한다고 역설해도 가족이 쉽게 수긍하지 않았다. 처음 듣는 너무 생소한 제안이라고 생각했을까.

"그동안 투자로 얻은 재산의 절반은 우리 것이 아니네요."라는 질문을 받고 보니 정말 그랬다.

절반은 자녀 몫, 절반은 하나님 몫이다.

"그래도 너희들이 열심히 관리해서 매년 30% 배당을 받으면 그것으로 감사해야 하지 않겠니? 하나님이 나를 통해 이루어주신 재산인데 너희들은 공짜로 받은 거야."

"그렇지만 매년 이익을 내도록 경영한다는 게 가능할까요?"

"그럴 자신도 없이 어떻게 하나님 사업을 해, 믿음만 확실하면 회사 운영에 도움 될 지혜를 주실 거야."

셈법이 복잡하고 영리법인과 재단법인의 관계 등 여러 가지 내용을 이해하여 수긍하기까지 시간이 걸리고, 두 회사를 운영하는 문제 등 여러 난제가 있어 의견이 분분했지만, 우여곡절 끝에 내 주장에 찬성한 삼 남매와 함께 ㈜우당(友堂)을 설립했다.

초기에는 그런대로 투자를 잘해 많은 실적을 거뒀으나 증권시장 내리막길을 잘못 판단해 손해를 입고 재기를 노리고 있다. 새로운 씨앗을 심고 가꾸며 때를 기다리고 있으나 적기가 언제일지 가늠할 수 없다. 신만이 알 것이다.

20여 년 전 필리핀 K 선교사님을 만난 후 매년 후원처를 늘려 지금은 비록 연 1억도 안 되는 기부를 영리법인에서 하고 있지만 꿈은 크다. 연 기부 36억! 이것이 내 생전에 이루어지길 소망한다. 꿈같은 숫자라 할지라도 목표는 크게 세워야 그 절반 아니, 1/10이라도 달성할 수 있지 않겠는가. 1/10이 달성되면 본격적으로 재단 설립을 준비할 것이다.

추석이나 설 외에도 가족 모임이 있게 되면 재단 설립 취지를 귀에 박히도록 강조한다. 특히 요즈음에는 손자 손녀들을 깨우치려 노력한다. 예수님 사랑이라는 재단 나무를 잘 키워 혼자 누리지 말고 이웃과 함께 나눠야 한다고. 그 나무를 키우다 보면 믿음이 들어가고 그 열매를 나누면 믿음이 배가 되기 때문에 신앙의 푯대로 삼고 삶을 영위하면 틀림없이 복을 받게 될 거라고.

큰아들 네 식구와 딸 가족은 믿음이 있는데 둘째 아들 네 식구가 기도 제목이다. 부부 의사인데 어려운 의사 공부하느라 하나님을 못 만난 때문일까. 손자 두 명에게 믿음을 심어야 할 텐데 부모 믿음이 깊지 않아 기도 중이다. 어느 땐가 삼 남매와 함께한 모임에서 유언을 했다. 내 개인 재산은 모두 손자, 손녀 6명에게 주려는데 믿음 없는 아이한테는 물려주지 않겠노라고.

다행히 둘째의 큰아들이 친구들과 함께 어울려 교회에 나가기 시작했다는 말을 듣고 무척 기뻤다. 물론 둘째네 가족은 모범적인 생활을 하고 있다. 나보다도 더 올바르게 산다고 생각된다. 그러나 하나님 사랑을 느끼지 못하면 행복하지 못할 것이다.

사랑을 느끼고 받은 것을 나눠주는 삶. 그것이 내가 추구하는 꿈이고 재단의 목적이기도 하다. 우리 재단에는 가족 외에 어떤 누구의 출연금도 사양한다. 만약 그럴 능력이 있는 분이라면 우리와 같은 재단을 설립하기를 권하고 싶다. 그런 재단이 많으면 많을수록 사회, 국가, 세계는 희망 있는 세상이 될 것이기 때문이다. 특히 요즘처럼 빈부격차가 심해질수록 어두운 곳에 있는 분들에게 빛이 되어 안정된 사회 안정된 국가가 될 것이기 때문이다.

나는 항간에 떠도는 '쓰죽회'를 싫어한다. 후손에게 물려주지 말고 다 쓰고 죽자는 취지인데 그러면 미래가 없지 않은가. 아무리 자손이 골치를 썩여도 하나님께 받은 은혜를 자손에게 물려주지 않겠다는 말인가. 우리가 큰 잘못을 저질러도 그분은 여전히 우리를 사랑하신다. 내가 꿈꾸는 재단이 자녀는 물론 세대를 뛰어넘어 손자 손녀들의 신앙 좌표가 될 수 있도록 꾸준히 가르치고 그들의 가슴에 사랑이 넘치도록 기도할 것이다. 그리고 삼 남매는 그들의 손자 손녀들에게. 그러면 사랑 나무는 시들지 않고 영원히 자랄 것이다.

천년을 이어갈 재단. 계획대로 된다면 지금은 유일무이한 재단일 테지만, 앞으로는 비슷한 목적의 재단이 셀 수 없도록 많이 생겨 세상에 빛과 소금이 되어 행복을 주는 재단, 그 꿈을 이루는데 신은 반드시 그 모습을 나타낼 것이다.

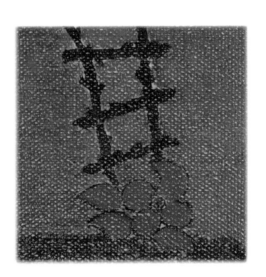

# 뜨거운 눈물

근래에 와서 시도 때도 없이 눈물이 흘러나와 고생한 적이 있다. 흘러내린 눈물을 닦아내야 하는 번거로움도 있지만, 계속 반복되다 보니 눈 가장자리가 짓물러 염증이 생겼다. 병원에서는 '코를 통해 목구멍으로 내려가야 할 물이 길이 막혀 밖으로 흐른 때문이라'고 했다. 생명에는 지장이 없지만 불편하여 전신마취까지 하면서 눈물길 수술을 했다.

이처럼 자연스레 흐르는 눈물은 눈물길만 정상이면 우리가 모르는 사이에 흘러내리지만, 순간의 감정 변화에 따라 생기는 일시적 눈물은 의학적인 문제와 관계없이 폭포수처럼 쏟아진다. 나는 일시적 눈물을 뜨거운 눈물과 차가운 눈물로 구분한다.

만남의 감격 때문에 흘리는 눈물, 예술적 감동으로 인한 눈물, 신앙으로 인해 흘린 눈물은 뜨거운 눈물이고, 이별의 슬픔으로 인한 눈물, 분노에 찬 복수의 눈물, 억울함을 호소하는 눈물은 차가운 느낌을 준다. 차가운 눈물은 우리 신체에 해를 주거나 무해 무익일 수 있지만 뜨거운 눈물은 몸을 건강하게 한다.

나는 눈물이 많은 편이다. "남자가 눈물은 무슨 눈물이야"라고 핀잔받을까 봐 감추었지만, 사실은 그렇다. 노래를 부르거나 듣다가도 감정이 북받치면 뜨거운 것이 올라와 목이 메어 소리가 나오지 않는다. 어머니에 관한 노래나 특히 찬송가를 부를 때 성령에 감동하면 온몸이 뜨거워지며 목이 잠긴다.

성경을 읽거나 기도할 때, 설교를 들을 때도 똑같이 용암이 솟구치는 듯하다. 하나님께 좀 더 가까이 간 시간이었으리라. 그럴 때면 몸속의 암 덩어리나 나쁜 병균이 모두 박멸되고 새로운 부활의 세포, 생명의 세포가 생긴다는 느낌을 받았다. 의학적으로 증명된 것은 아니지만, 내가 80살이 넘도록 큰 병 없이 건강한 이유도 뜨거운 눈물 때문이라는 생각을 해본다. 그렇다고 내 의지대로 그런 눈물이 나오게 할 수는 없다.

나는 가수나 목사가 안 된 것을 다행이라 생각할 때가 있다. 가수가 무대에서 목이 메어 한동안 노래가 끊긴 것을 상상해 보았다. 목사님이 찬송가를 부르거나 설교 도중 울먹이며 말씀이 중단된 경우도 상상해 보았다. 휴~ 차라리 찬송가를 듣거나 설교를 들으며 뜨거운 눈물을 향유하는 것이 행복하다.

어느 일요일 그날은 유독 하나님 생각을 많이 한 날이었다. 예배 시작 전 기도할 때부터 눈물이 나왔다. 나는 '사랑나무재단'에 대한 기도를 수도 없이 한다. 꿈을 꼭 이루어주시리라 믿지만, 종종 의심할 경우도 있으니 인간의 연약함은 어찌할 수 없는가 보다. 그런데 그날은 의심하지 말고 확신을 가지라는 메시지를 받았다. 찬송 시간에는 '나 맡은 본분은'을 불렀는데 "주 앞에 모든 일 잘 행케 하시고 이후에 주님 뵐 때 상 받게 하소서" 대목에서 용암이 솟아올랐다. 그래 분명히 큰 상을 받게 하실 거라는 믿음이 굳어갔다.

설교 내용은 요셉 이야기였는데 오래전부터 실패와 성공, 슬픔과 기쁨, 좌절과 희망으로 요셉에게 했던 것처럼 나를 단련하면서 '사랑나무 재단'을 계획하고 진행하신다는 확신을 갖게 하였다. 예배시간 내내 뜨거운 눈물이 쉴 새 없이 흘렀다. 이보다 더 행복한 시간은 없었다.

그 행복 가득 찬 예배를 마치고 집에 오는데 갑자기 차선을 바꿔 내 앞으로 끼어든 차 때문에 큰 사고를 당할 뻔하였다. 화가 치밀어 창문을 내리고 혼내주려 하다가 말리는 아내 때문에 그만두었다. '방금 전에 흘렸던 뜨거운 눈물은 어디로 갔나. 그런 눈물도 없었던 아내는 침착한데……' 나는 속으로 혼자 웃었다. 하루에도 수천 번씩 변하는 마음과 감정, 선과 악, 그리고 죄와 선행 사이에서 지금까지 무탈하게 살아온 인생을 오직 은혜라 생각하며 감사할 따름이다. 뜨거운 눈물을 자주 만나면 좋을 텐데. 그것마저 하나님의 선물이며 은혜라 기도하며 기다릴 뿐이다.

# 오뚝이처럼 다시 일어서기

주식의 주자도 모르는 시절이었다. 하물며 아내는 말 안 해도 불문가지, 그 아내 덕분에 주식으로 큰 이익을 남겨 집을 사고, 후에 그 자리에 근린 생활 빌딩까지 짓게 되는 기적 같은 일이 있었다. "일생 사는 동안 누구에게나 최소 세 번의 기회는 온다. 그때를 놓치지 않고 잘 잡으면 성공한다."라고 무용담 하듯 친지들이 얘기하곤 한다. 그런데 나는 그보다 훨씬 많은 기회가 있었으나 흘려보낸 경우도 많았고 성공한 사례도 여러 번이다.

이번에도 운명의 그림자는 소리 없이 다가왔다. Y 세무서에서 근무할 때였다. 세무조사 명령을 받고 L 건설회사에 나갔는데 왜 조사대상이 되었는지 알 수 없을 정도로 검토할 것이 없었다. 설립된 지 2년도 채 안 된 신설회사라 사업 준비 중이었고 사무실도 사장, 상무, 부장, 그리고 여직원 몇 명이 작은 공간에 앉아 근무하다 보니 조사할 장소도 마땅치 않은 형편이었다. 조사자와 피조사자 간에 긴장할 필요도, 서로 경계할 필요도 없이 장래 사업계획 듣다가 조사 종결할 때가 되었다.

마지막 날 상무가 나타나 자기 회사 비상장주식을 팔고 있으니 의향이 있으면 1인당 일백만 원까지 사라는 것이다. 앞으로 큰돈이 될 것이라며 식사 한번 못한 미안함의 표시라 했다. 그동안 조사 결과와 함께 계장, 과장님께 보고한 바 설마 우리에게 사기 칠 일이 있겠냐며 매입하는 것으로 결론이 났다. 나는 선배 회사에 투자한 실패 후유증 때문에 먹고 살기도 힘든 상황이었다. 그렇다고 나만 빠질 수 없어 형편이 좋은 조카를 찾아가 일백만 원을 빌려 함께 참여하였다.

몇 달 지났을까 갑자기 L 건설 경리 부장이 찾아왔다. 사연인즉 상장을 대비해 자기 회사 주식 매각작업을 끝내고 마감해야 하는데 자기 처지가 난처하다 했다. 주식담당 실무자이면서 회사 서열 세 번째인데, 일백만 원어치도 못 산다는 말을 차마 할 수 없어 백방으로 노력한 끝에 마지막으로 나를 찾았다는 것이다. 사업에 실패하면서 이곳저곳 신세 진 곳이 많아 손 벌려도 소용없으니 자기 명의로 일백만 원을 더 투자하라는 것이다. 회사 미래 청사진을 설명하며 장래 큰 이익을 포기해야 하는 실정에 마음이 아프다는 부장님 말을 믿고 다시 한번 조카한테 신세를 졌다.

그런데 처음 예상했던 날짜보다 빠르게 상장 준비 중이라는 소식이 들렸다. 건설업이 대호황기에 접어든 것이다. 국내에서는 아파트 건설 붐이 일어났고 해외에서는 중동 특수로 건설업체들이 돈방석에 앉았다는 소문이 심심찮게 들려오던 시기였다. 그들은 호경기를 예상하고 자신 있는 제안을 하였지만, 경기변동에 둔감하고 주식에 문외한인 우리는 반신반의했는데 반가운 소식이었다. 경리 부장 말대로 그 회사 주식이 드디어 증권시장에 상장되었다. 그때만 해도 건설주 주가가 타 업종 주가 대비 약간 좋은 정도였는데 날이 갈수록 시장의 주목을 받기 시작했다.

주식시장은 미인대회 같은 곳이다. 한번 예쁘다고 소문나면 그 미인의 인기는 천장 높을 줄 모르고 올라가 손만이라도 잡고 싶어, 아니 눈이라도 마주치려고 선남선녀들이 끝없이 몰려든다. 마찬가지로 건설주가 한번 인기를 타기 시작하더니 뜨겁게 오르기 시작했고 증권시장에 건설주밖에 없는 것처럼 회사 이름에 건설 '건' 자만 들어가도 상한가를 쳤다. L 건설도 예외는 아니었다. 액면 5,000원짜리가 10,000원을 넘고 50,000원도 넘어갔던 것 같다. 단기간에 그처럼 폭등한 이유는 건설업이 성장주인 데다 그 회사 규모 대비 해외 건설 수주나 아파트 분양 금액이 기하급수적으로 증가했기 때문이었다. 증권업계에서는 그때를 '건설주 광풍 시대'라 불렀다.

거기에 더하여 L 건설에서는 또 하나의 호재가 터졌다. 유상증자를 발표했는데 그때는 유상증자 방식이 지금과 달랐다. 만약 시장 거래 가격이 50,000원 정도라면 액면가 5,000원에 증자함으로 그 권리를 행사하면 당장 주당 45,000원을 벌게 된다. 이때 그 회사 경리 부장이 나를 찾아왔다. 자기 명의로 있는 주식의 유상증자 권리를 자기에게 양보하라고 사정했다. 단번에 수백만 원 버는 권리였다. 어려움을 호소해 도와준 내 권리인데 상황이 바뀐 것이다. 무리한 요구였으나, 그분의 처지에서 보면 그럴 수도 있을 것 같아 기분 좋게 그의 의견대로 유상증자 청약권을 그에게 양보했다.

주식투자로 돈 번다는 것은 쉬운 것 같으면서도 어려운 것이다. 이번 경우 다섯 사람의 투자 결과를 봐도 그렇다. 과장님은 친하지 않아 물어볼 수 없었지만, 그분 성격으로 짐작하자면 초창기에 팔았을 것이다. 계장님은 세법만 연구하는 학구파라 경제에는 거리가 멀어 건설주가 타고 또 타서 재가 될 때까지 가지고 있다 손해 보고 팔았다. 반장은 6,000원 조금 넘자 30% 정도 이익 내고 팔았고 내 밑에 반원은 그래도 두 배 넘겨서 팔았다.

그런데 나만 대박이 난 것이다. 그것도 내가 잘한 게 아니고 아내 덕에 대박이 났다. 건설주 주가가 정점에 이르렀을 무렵 우리는 강남 변두리 24평짜리 허름한 아파트에 살고 있었다. 3남매는 점점 커지고 장래 각 방이 필요한 넓은 집이 필요한 때였다. 어느 날 퇴근해서 집에 들어서자마자 아내는 곧바로 부동산으로 가자 했다. 하루가 다르게 대치동 집값이 오르니 중개소와 약속한 그 집을 당장 계약하겠다는 것이다. 만약 거절했다간 큰일 낼 태세였다.

그렇지 않아도 선배 회사에 투자해 좋은 집 날린 죄 때문에 집에 관한 한 발언권이 없는 때이므로 할 수 없이 끌려가 밤중에 계약서를 작성했다. 보물처럼 매일같이 오르는 건설주를 할 수 없이 몽땅 처분해야 하는 마음은 쓰라렸다. 매각한 후에도 한동안 오르는 건설주를 보면서 아내에게 야속한 감정도 있었지만, 그 결정이 전화위복 계기가 될 줄이야. 그때 못 팔았으면 계장님처럼 이자까지 더해 큰 손해가 날 뻔했는데, 집값은 천정부지로 올라 큰 재산이 되었으니 무슨 조화인가.

순간의 결정으로 어둠에서 빛을 찾은 우리 생활. 신의 도움이라 믿는다. 보이지 않는 어떤 힘, 상상할 수 없는 방법으로 시작부터 끝까지 계획하고 이끌어주신 그분을 믿고 사랑한다.

# 시련과 단련의 길로

주식 대박으로 산 대치동 집은 좋은 위치에 자리하고 있었다. 전철 2호선이 개통되자 선릉역에서 5분 거리 역세권이었다. 간선도로 외에는 포장이 안 되어 진흙탕 길이지만 살기에는 큰 불편 없었다. 강남 개발 열기로 하루가 다르게 변해 생활환경도 좋아지고 집값도 덩달아 뛰었다. 나도 국세청을 그만두고 세무사로 전직해 매년 6월이면 여유 자금으로 안정된 생활을 하고, 삼 남매도 새로운 친구들을 사귀며 즐거운 학교생활을 하고 있었다.

세무사 업무는 1월 말 근로소득세 연말정산부터 5월 말 종합소득세 신고까지가 가장 바쁘다. 5개월간 밤늦도록 일하고 남은 기간은 여유가 있는 직업이다. 현금이 가장 잘 도는 시기가 6월이어서 그때 국내외 휴가도 즐기고 그동안 진 빚을 갚거나 새로운 투자처를 물색하기도 한다. 당시는 땅값이 저렴하여 적은 돈으로도 투자할 곳이 많았고 아내가 부동산에 관심이 많아 관광 겸 투자처를 찾아 전국을 누볐다.

그해 수입으로 조그만 땅을 사는 것을 우리 부부는 기념식수라 불렀다. 82년 개업 이래 87년까지 매년 한 개씩 6개의 기념식수를 했다. 안정된 수입이 있었기 때문에 그런 투자가 가능했고 그때가 행복한 기간이었다. 매년 여행을 즐길 만큼 마음의 여유도 있었다. 그러나 88년부터는 달랐다. 88 올림픽을 기점으로 대한민국은 한 단계 점프하면서, 경제도 호황을 누렸고 부동산값도 올라 1년 수입으로는 투자처를 찾을 수 없는 데다 삼 남매에게 들어갈 교육비용 때문에 87년을 마지막으로 기념식수는 끝이 났다.

그동안 대치동 집 주변은 역세권인 데다 8m 이면도로에 접해있어 여기저기 근린생활 빌딩이 올라가고 있었다. 별도 자금 없이 임대수입으로 건물 신축이 가능했기 때문에 우리도 빌딩을 소유하고 싶은 욕심이 생겼다. 모든 것이 순조롭고 만족스러운 상태가 될 때 어둠은 둥지를 틀기 시작하고 운명은 여기서 갈리기 시작했다. 빌딩을 짓지 말아야 하는데 짓는 것으로 결정을 했고 또 다른 선택이 기다렸다. 건물 설계에서 살 집을 넣는 주상복합으로 할 것이냐 순수 임대 건물로 할 것이냐를 선택해야 했다. 후자로 하는 것에 의견이 모아져 우리가 살 집을 구하느라 여러 곳을 헤맨 후 우면산 끝자락 양지바른 마을에 있는 전원주택을 점찍었다. 매입 자금이 빡빡하기 해도 매년 일정한 수입이 있기 때문에 몇 년 고생하면 해결될 금액이었다. 그러나 모자란 자금 때문이었을까, 잘못된 선택을 하고 말았다.

결국, 건물 4층과 5층을 주택으로 하는 설계를 마치고 여러 난관 끝에 주상복합 건물을 완성했다. 그 후 얼마 동안은 뿌듯했다. 부동산을 좋아하는 아내는 나보다 더 기뻐했다. 아내의 역할을 강조하기 위해 부부 이름의 중간 글자를 따서 윤경빌딩이라 명명하고 세금계산서를 발행하여 임대수입을 손에 쥔 기쁨. 오랫동안 소망하던 모습이었다. 그런데 기쁨도 잠시였고 고난의 긴 시간이 시작되었다. 서향 건물인 데다 전면을 통유리로 설계한 탓에 여름이면 거실이 온실같이 더워져 주거에 심히 불편하였다. 더하여 비만 오면 옥상의 물이 흘러내려 매년 방수 공사하느라 그 빌딩에 사는 내내 고생이 많았다. 처음 짓는 건물이라 경험이 없었고 깊은 연구 없이 지어진 건물이어서 후회가 많았다. 겉으로 보기는 근사한 건물이었으나 별로 실속 없는 생활이었다. 요즘 말로 소확행이 그리운 생활의 연속이었으나 많은 불편함에도 건물값이 계속 올라 한 가지 위안이 되었다.

그러나 건물 가격이 상승하자 그 역작용이 증권투자에서 나타났다. 순수 임대 건물로 짓고 우면동 주택을 구입했더라면 빚 갚기에 바빠 주식 매매는 엄두도 못 냈을 텐데 여유 자금이 생기니 대박 난 건설주가 나를 유혹하였다. 처음에는 소규모 자금으로 시작하였으나 점차 투자자금을 늘리게 되었고 빌딩을 담보로 자금을 조달하다가 좀 더 많은 융자를 받기 위해 신용금고까지 이용하게 되었다. 주식투자에 한번 빠져드니 발을 빼지 못하고 이익과 손실을 반복했으나 결국 큰 손해를 보았고 IMF 사태가 터지자 완전히 거덜 나고 말았다. 커다란 구렁이가 안방에 자리하고 있는 꿈을 꾸다가 소스라치게 놀란 일도 있었다.

주식의 주, 자도 모르는 상태에서 건설주 광풍 시대에 맛본 대박사건이 또 오리라고 기대한 욕심만으로 사전 준비나 공부 없이 덤빈 당연한 결과였다. 사업실패와 주식투자 실패까지, 큰 시련이 물밀 듯 몰려왔다. 감격스럽게 취득했던 빌딩을 처분해야만 빚이 해결될 처지였다. 만약 안 팔린 상태로 몇 년이 지나면 높은 이자 때문에 한 푼도 못 건질 지경이었다. 증권투자를 말린 아내의 의견을 무시한 걸 후회하였으나 때는 이미 늦었다.

그런데 이번에도 구원의 손길은 어김없이 다가왔다. 누구도 투자를 꺼리던 살벌한 IMF 시절. 반값에 처분하려 해도 매수자가 없을 정도의 암담한 상황인데, 아쉬운 가격이지만 매수자가 나타나서 미련 없이 처분했다. 몇 군데 토지를 처분하면 윤경빌딩을 살릴 수 있었지만, 수익성 없는 막연한 토지가 팔릴 가능성도 없고 불편한 건물을 떠난다는 것이 시원섭섭하였다.

어느 땐가 거래처 세무조사에서 만난 사장님이 나를 보자 부동산에 성공할 관상이라며 자기의 관상 보는 실력을 뽐냈는데, 그걸 귀담아듣지 않을뿐더러 부동산을 좋아한 아내의 소망도 외면한 채 왜 주식투자에 빠져 헤맸는지 알 수 없다. 신은 '욥'보다 천분의 일도 못 견딜 인내심을 시험한 것일까. 아내의 말대로 부동산만 바라봤다면 넉넉한 재산으로 편안한 생을 즐겼을 것이다. 그러나 험난한 주식투자의 길로 인도한 보이지 않는 손, 그땐 몰랐으나 지금 생각하면 아주 오래전부터 계획된 과정이 아닌지 막연한 생각을 해본다. 잘못을 깨닫게 하시려 크게 요동치게 하시면서도, 여전히 사랑으로 붙잡고 동행하시는 그분, 나는 그분을 믿고 기다릴 뿐이다.

# 신에게 가까이 가는 계절

"오랜만이다. 오늘 저녁, 네 얼굴 보고 싶은데 시간 낼 수 있겠니?"

"그동안 어디서 무얼 하고 지냈어, 어서 와"

"만나서 이야기할게"

3년이 넘도록 소식 없던 중학교 친구였다. 허물없는 벗이기에 변변치 못한 음식으로 대접했는데도 맛있게 저녁 식사를 마쳤다. 진수성찬보다 더한 빚을 졌다는 그는 3년여에 걸친 산사 생활 동안 얻어먹는데 이력이 났다며 환하게 웃었다. 그동안 이 산 저 산 옮겨 다니며 절에서 참선도 하고 경전도 읽으며 마음을 닦았다고 한다. 중학 시절 반에서 일·이 등을 다투며 친하게 지낸 그는 호남의 명문인 광주고등학교를 수석 입학한 후 서울대 법대에 진학해 주위의 기대를 한 몸에 모았다. 그랬던 그가 너무 변해 내 마음을 아프게 했다. 그를 아는 친구들은 "사람 팔자 모르는 거야."라면서 그의 처지를 아쉬워했다.

고시 공부하느라 몸과 마음이 망가지고 정신마저 혼미해진 때문일까, 자영업을 하는 여자와 사랑에 빠져 부인과 갈등을 겪게 되었다. 특수한 기술도 없이 어렵게 가정을 이끌어가는 부인과 새로 만난 여자 사이에서 수년 동안 고문 아닌 고문을 당하다가 모든 것을 등지고 싶어 산으로 들어갔다가 다시 나온 후 이제 신에게 가까이 가고 싶다고 말하는 그의 표정과 음성에는 고뇌가 묻어 있었다. 홀로서기 어려운 상황, 누군가의 도움이 필요한데 주위를 살펴봐도 깜깜할 때는 누구라도 절대자를 찾게 된다.

IMF 시대에는 많은 사람이 어렵고 방황하는 상황이었고 친구도 그들 중의 한 사람이었다. 나도 그 당시 대우그룹 등 수많은 기업이 부도를 당해 증권시장이 무너질 때 투자실패로 근린생활 빌딩을 날리고 새벽기도에 열심일 때였다. 캄캄한 새벽인데도 넓은 예배당이 하루가 다르게 가득 채워져 갔다. 그만큼 절박한 사람들이 많았다. 우리 부부도 매일 5시 반 새벽기도회에 참석하여 성경 공부하기 전 기도시간을 가졌다.

"하나님 아버지 고맙습니다, 오늘도 새로운 마음으로 하나님을 만나게 해 주시고 이처럼 주님의 집으로 달려오게 하신 은혜 감사합니다. 눈비가 오나 바람이 불거나, 기쁘거나 슬플 때 마음이 상할 때도 쉬지 말고 이 계단을 오르게 하소서. 큰 죄를 지어 마음이 움츠러들 때, 부끄러운 일로 고개를 들 수 없을 때 연약한 마음을 붙들어주시고, 이 계단을 오르며 자성하는 시간을 갖게 하소서. 어려운 일이 성사되어 마음이 우쭐해지며 성공하였다고 자만심을 가질 때, 이 계단을 오르며 겸손해지는 은혜가 계속되게 하옵소서."

교회 주차장에서 본당으로 올라가는 계단은 12개다. 한 계단 한 계단 오르면서 진실되고 절박한 심정으로 기도하던 그즈음이 기억에 선하다. 믿는 신은 다르더라도 그도 신에게 가까이 갔다 멀어지고 다시 찾는 몸부림으로 괴로워했나 보다. 친구는 그 후 몇 차례 만날 때마다 풀지 못한 숙제로 괴로워했다.

"예수님을 만나보면 어때. 애타게 기다리고 계실 텐데."

"아니야 나는 너와 달라. 아무래도 산으로 다시 갈까 봐." 이 산 저
산 다니며 3년여를 얻어먹었다던 그, 아직도 가야 할 길이 많이 남은
모양이었다. 그 후 전화를 해도 답이 없고 누구에게 물어도 소식을 몰
랐다. 보슬비 내리는 어느 날 그 친구 생각이 났다. 어디 가서 누구에
게 물어보면 친구 소식을 알까. 오늘 같은 날 그가 옆에 있다면 깊은
신의 뜻을 함께 이야기하고 싶은데….

나도 대치동에서 분당으로 이사 온 후 거리가 멀다는 핑계로 쉼 없이
돌계단을 오르게 해 달라며 드리던 기도와 달리 새벽기도를 일시 중
단했지만, 그 후 미금역 기도처가 생겨 부지런히 참석했는데 요즈음은
코로나 때문에 인터넷으로 예배드리고 있다. 신에게 가까이 갔다 멀어
지고 다시 가까이 가려고 몸부림치는 우리 인생. 한없이 약하고 작은
존재일 뿐이다.

# 잃은 것과 얻은 것

IMF 이후 세태를 보면 날벼락 같은 일이 한둘이 아니다.

나이 들어 보이는 교장 선생님 한 분이 수심이 가득한 얼굴로 세무 상담하러 사무실을 찾아왔다. 사연인즉 처남이 경영하는 회사에 주주로 등재되었는데 그 회사가 부도를 맞아 세금이 체납되자 유일한 재산인 자기 집이 압류되어 거리로 나앉게 되었다고 하소연하였다. 평생 모아 저축한 전 재산이 물거품이 되어 온 가정이 초상집이 되고 처가 쪽과도 금이 가게 되었다는 것이다.

얼마 전, 건물을 신축하는 동생 빚보증 한 친구가 그 건물이 매각되지 않아 경매당하자, 할 수 없이 대신 빚 갚느라 부부간에 큰 전쟁 치르는 것을 보았다. 또한 형님의 사업체가 부도를 맞아 동생 명의로 차입한 신용금고의 차입금을 갚지 못해 동생에게 행패를 당한 형님도 보았다. 그리고 실직당한 남편에게 이혼을 강요하는 비정한 아내도 보았다.

이처럼 금전 관계가 얽히면 그 가족들까지 소용돌이에 빠지는 경우를 종종 본다. 돈 앞에는 애정도 금이 가고, 사랑도 시들며, 우정이나 친척 간에 우애도 없어진다. 그동안 물질에 의존하여 쌓아 올린 바벨탑이 무너지자 덩달아 정신까지 황폐해지고 허물어지는 것이 예정된 순서이다. IMF 시절에 재산 손실은 물론이고 실직과 실업, 빚보증, 파산으로 국민이 느낀 정신적인 고통은 숫자로 계산할 수 없을 것이다. 1인당 국민소득이 10,000달러에서 6,000달러로 감소되었다는데 재산 가치 감소는 40%에 불과하지만, 마음의 상처는 계산할 수 없을 만큼 크기 때문이다. 그러나 그렇게 많은 것을 잃으면서도 새로이 얻는 것이 있다는 것을 느꼈다. 고통을 받으면 받을수록 단단해지고 여물어져 가는 것인지, 요즈음 새벽 기도하러 교회에 가면 이른 새벽인데도 넓은 회당이 비좁도록 빼곡히 들어찬 것을 볼 수 있다. 나는 그들에게서 거품과 분수에 넘치는 삶을 살아온 자신의 잘못을 반성하는 모습으로, 움켜쥔 손을 펴고 욕심의 덩어리를 조금씩 떼어내고 있는 것 같은 모습을 느낀다. 어떤 것이든 기도하면 꼭 이루어주실 것이라는 기대를 하고 지극히 순수한 상태에 다다른 상황. 이 모두가 허물어진 폐허 위에 다시 소생하는 정신세계의 승리 아닌가.

우리의 지향점이 물질보다는 정신세계에 비중을 두는 삶, 그리고 새로운 질서 속에 맑은 정신을 소유한 삶이야말로 새로 시작하는 삶이 아닐까. 그동안 쉴 새 없이 달려왔으나 이제 잠깐 앞으로 가는 달음질을 멈추고 어제까지의 자화상을 그려보면서 물질보다는 정신을, 외양보다는 내실을, 자만보다는 겸손을 소중히 하는 삶을 설계하는 것이 그 많은 물질을 잃어버린 상처 난 자국을 치유할 수 있으리라 생각한다.

'더는 나눌 것이 없다고 생각될 때도 나눠라. 아무리 가난해도 마음이 있는 한 나눌 것은 있다. 근원적인 마음을 나눌 때 물질적인 것은 자연히 그림자처럼 따라온다. 그렇게 함으로써 나 자신이 더 풍요로워질 수 있다.'

# 해외 선교의 어려움

"다음 주 한국세무사기독선교회 월례 모임에 꼭 나오세요, 국세청
그만두고 말레이시아에서 원주민 선교 활동하시는 분을 초청하여 설
교 들을 예정입니다. 큰형님이 하는 선교 사업에 참고가 될 겁니다." 선
교회 차기 회장으로 내정된 정 세무사가 선배라 불러도 될 텐데 나이
차이가 큰 때문인지 그는 항상 다정다감한 어조로 큰 형님이라 불렀
다. 전화할 때마다 월례 모임 참석을 권했지만, 이번 통화는 어쩐지 느
낌이 달랐다.

한국세무사기독선교회는 하나님을 믿는 세무사들로 구성되어 매월
첫째 주 월요일 반포 한신교회 선교관에서 만나 예배드리는 모임이다.
내가 세무사회 부회장 시절 그 교회 장로 세무사가 찾아와 설립 취지
를 설명하자, 찬성하며 격려하고 몇 차례 예배에 참석한 후 오랜 시간
이 흘렀다. 항상 미안한 마음은 있으나 지금도 못 나가고 있다. 그런데
그날은 왠지 참석해야 한다는 마음이 강하게 들었다. 어째서 국세청이
라는 좋은 직장을 포기하고 험지인 말레이시아까지 선교 활동을 떠났
을까. 무엇인가 내가 할 일이 있을 것 같아 정 세무사에게 월정 선교헌
금을 약속하고 월례 모임에 참석했다.

깡마르고 왜소한 체구인데도 예배당이 떠나갈 듯 쩌렁쩌렁한 목소리

로 장시간 쏟아내는 설교를 듣는 동안 그분의 열정에 감동하였다. 약정헌금을 하겠다고 발표하려는데 회 내부 사정으로 계획이 변경되었다. 내 뜻을 전달받은 집행부에서 말레이시아 선교는 기독선교회 사업으로 진행하고 있으니 국세청 출신 또 다른 한 분인 파키스탄 선교사 정 마태 님께 보내면 어떻겠느냐는 것이다. 나는 같은 하나님 사업이니 선교회의 결정에 따르겠다고 대답했다.

예상치 않은 정 마태 선교사님과 인연이 시작되었고, L 선교사님께는 미안한 마음이 남았다. 예배 후 식사 교제 시간에 현지 선교의 어려움을 들었을 때 빚진 마음이 더해갔다. 그 후 정 세무사가 회장이 되어 말레이시아 선교여행 계획을 세우며 동참하기를 권하였다. 처음 해보는 단체 선교여행이라 잠시 망설였으나 쾌히 승낙했다.

하나님은 한번 계획한 것을 놓치시지 않고 L 선교사와의 관계를 다시 맺어주시는가 보다. 말레이시아 단기선교 여행은 2019년 11월 24일 신도 16명이 인천공항을 출발하였다. 쿠알라룸푸르에 도착한 후 국내선으로 갈아타고 보르네오섬 북부 빈툴루 공항에 도착하여 선교사님 내외분의 안내를 따라 선교 행사에 나섰다. 신도의 가정집에서 저녁 예배를 끝내고 그들이 준비한 뷔페 식사를 하였다. 각 가정에서 준비한 현지식이어서 익숙하지 않았으나 한국인 입맛을 배려해서인지 정성이 깃들어 있었다.

그런데 예배 방식이 한국교회와 너무 달랐다. 예배 순서는 물론이고 내용도 너무 생소해 많이 놀랐다. 장소는 달라도 그곳 신도 가정집에서 가진 세 차례 예배에 참석했는데 모두 성경낭독 없이 열광적인 기도와 찬송으로 일관된 예배, 특히 찬송할 땐 기타와 드럼이 반드시 들어가 있었다. 마치 꽹과리 치며 사물놀이 하는 것처럼 소란스럽고 땀을 뻘뻘 흘리며 정열적으로 반복하는 예배가 조금 생소했다. 그러면서도 성령이 충만한 예배라는 느낌을 받았다. 이러한 예배 방식은 많은 시행착오를 거친 후 30여 년의 경험을 바탕으로 정착된 예배라는 말을 들었을 때 원주민 선교가 얼마나 어려운가를 실감하였다.

처녀, 총각 시절 같은 세무서에서 신앙으로 교제하다 결혼 후, 곧바로 좋은 직장을 내던지고 모 교회의 지원도 없이 가장 험한 지역인 보르네오 원주민 마을로 무작정 떠난 L 선교사 부부. 누가 그곳에 그들을 보냈을까. 입국 비자 문제, 언어 문제, 문화의 차이, 생활방식 등, 30여 년간 죽을 고생 끝에 이제야 겨우 한숨 돌린다는 그들. 그러나 자기 교회 하나 갖지 못하고 임대 건물에서 예배드리고 있었다. 열광적인 예배 방식 때문인지 소음 때문에 민원이 발생하여 현지 경찰이 방문한 후 새로운 예배 장소로 이전해야 한다 했다. 이슬람 국가이기 때문에 경찰이 문제 삼으면 곤경에 처함으로 시급히 해결해야 할 문제였다.

한국세무사기독선교회에서 사천여만 원의 건축헌금을 보내 어려운 재정에 보탬이 된 것은 큰 다행이었다. 나도 기왕에 약정하였던 월정 헌금을 약속하고 기증행사에 참석하여 선교사님과 기념촬영까지 하였다. 여러 곳 후원하고 있지만 이런 행사는 처음이라서 어색했다.

그곳에 정착하기까지 비자 문제로 고생 많았다는 사모님의 간증을 듣는 동안 어지간한 각오 없인 선교 활동에 나서면 안 된다고 생각했다. 현지에는 대한민국 영사관이 없어 일주일마다 국경을 넘어 브루네

이 소재 한국 총영사관까지 24시간 걸리는 먼 거리를 잠도 못 자고 왕복하느라 선교는 뒷전이고 비자 발급 여행으로 세월을 보냈다는 간증이었다. 사용 기간이 지난 고물차로 비포장도로를 달리다 보니 몸은 만신창이 되었다 한다. 몸이 불편한 것보다 비자 발급 조건이 까다로워 마음 졸이며 한없이 울었다는 말을 들을 때 해외 선교의 어려움을 다시 한번 느꼈다.

고국을 떠나 30여 년 지나고 보니 이제는 한국이 낯설어지고 돌아가려 해도 갈 수도 없는 타향이 되었다. 이제는 말레이시아 원주민들과 함께 그곳에 뼈를 묻을 거라고 말하는 선교사 부부의 얼굴에서 선교사의 사명감 같은 것이 보였다. 내 꿈이 이루어지면 '필리핀 일로일로' 교회 같은 번듯한 건물을 지어주고 싶은 마음이 이 글을 쓰는 동안 가시지 않는다.

# 소통의 길, 탄천

탄천은 성남시민의 젖줄이다. 신선한 공기라는 젖을 먹으려고 사람들이 몰려든다. 갓난애가 젖을 먹고 무럭무럭 자라듯 탄천을 걸으면 알게 모르게 건강이 좋아진다. 탄천은 성남시민의 보물이다. 보물처럼 소중히 다루고 아껴서 깨끗하게 보존해야 할 재산이다.

10여 년 전의 일인가 보다. 친구와 탄천을 걷다가 성남시장을 만났다. 처음 본 사이지만 시장께 건의를 했다. "시장님 재선 삼선을 하시려면 탄천 관리만 잘해도 당선은 무난할 거요." 서로 껄껄껄 웃고 헤어졌지만 해가 갈수록 탄천은 세계 어느 곳에 견주어도 될 만큼 훌륭하게 변해갔다. 탄천변에 살 집을 마련한 것은 잘한 선택이었다.

1993년 세무사고시회 관광 팀의 일원으로 캐나다 서부 로키산맥 일대를 관광하던 중 동계올림픽 개최지였던 캘거리를 방문한 적이 있었다. 한적한 작은 도시지만, 맑은 강물 옆으로 난 산책로를 따라 걷고 뛰며 달리고 자전거 타는 사람들을 보면서 참 행복한 도시, 행복한 시민들이라는 인상을 받았다. 자녀 교육 때문에 한 번 자리 잡은 대치동을 쉽게 떠날 수 없었지만, 교육 문제가 끝나 이사할 곳을 찾을 때 맨먼저 생각난 곳이 캘거리 강변이었다. 우리 부부가 미래에 살 곳을 찾아 서로 공감하는 곳을 두고 후보지를 찾던 중 캘거리 강변과 가장 유사한 조건을 갖춘 곳이 구미동 탄천 변이었다. 집이란 행, 불행과 밀접한 관계가 있다는 것을 나이가 한참 든 뒤에야 알고 자녀들한테도 안식처로서의 집을 추천하고 마련해 주었다.

그러나 안식처에서도 항상 편치만은 않고 지치고 괴롭거나 울적할 때도 많다. 그때마다 집 앞마당처럼 일어나면 곧바로 도달할 수 있는 탄천이 있어 위로가 된다. 탄천을 찾아 심호흡하면 기분이 전환되고 새로운 생각을 하게 된다. 적당한 속도로 걸으며 사무실 운영, 주식투자에 이르는 사업계획, 친구들과의 모임, 하나님과 관련된 재단법인 꿈 등, 흘러내리는 물소리를 들으며 걷는 시간 내내 여러 가지 상념이 끊임없이 이어진다.

이럴 땐 혼자 걷는 것이 좋다. 동트기 전부터 밤까지 시간에 구애받지 않으며 안전하게 걸을 수 있다. 눈·비가 오거나 바람이 불어도 그 나름대로 운치를 즐기며 자유로이 사색할 수 있어 좋다. 그러다 보면 어느덧 예정된 거리를 힘들지 않게 걷게 된다.

나는 천변 가의 넓은 산책길보다 숲으로 연결된 나무 그늘 길을 더 좋아한다. 그 길은 오리역에서 주택전시관까지 이어지는 자연 그대로의 오솔길이다. 봄이면 개나리와 벚꽃 아래를 걸어서 좋고, 여름이면 녹음이 짙어 그늘에 감사하고 가을이면 단풍에 취해 시간 가는 줄 모른다. 군데군데 놓여있는 벤치에 앉아 탄천 양옆으로 걷는 인파를 바라보며 각양각색 인간의 모습을 감상하고 상상의 나래를 펴는 것도 즐겁다. 저들은 무슨 생각을 하고 걷고 있을까.

그래서 나는 그 길을 '사색의 길'이라고 혼자 명명했다. 칸트가 매일 같은 시간에 걸었다던 '철학자의 길'이 연상된 때문이다. 2003년 우리 가족이 독일 여행 갔을 때 하이델베르크에 있는 네카어강 옆 산기슭을 따라 난 숲길을 걸으며 황홀한 경치를 감상한 적이 있었다. 칸트의 일상생활에서 생겨난 '철학자의 길'. 칸트는 매일 그 길을 걸으며, 어떤 사색을 했을까.

칸트는 새벽 4시 45분에 하인이 깨우면 차 두 잔을 마시고 파이프 담배를 피우고 7시 강의 준비, 9시에서 12시 45분까지 책 집필, 오후 4시~7시 독서와 사색, 7시에는 산책을 했다. 이 모든 것이 정확해 그곳 사람들은 자신의 시계를 칸트가 이동하는 시간에 맞추었다고 한다. 그의 『순수이성 비판』은 이런 규칙적인 생활의 결실이 아닐까. 나는 '사색의 길'에서 칸트만큼은 못하더라도 길이 남을 무엇을 만들어야 할지 많은 생각과 상상을 펼치며 걷는다.

나에게 탄천은 또 하나의 특별한 의미가 있는 소통의 길이다. 4km 떨어진 죽전에 사는 큰아들 네 식구가 탄천변 자전거도로를 달려 불쑥 우리 집에 나타나곤 한다. 자전거 4대가 한꺼번에 몰려오면 보기에 좋고 대견하고 든든하다. 자녀와의 소통이 이런 것인가.

그런데 보다 더 높고 영원한 곳과 소통하려고 애를 쓴다. 막막하고 답답하며 괴로울 때 그 심정을 토로하면 "살기 좋은 집에 걷기 좋은 탄천을 네게 주었는데 네 욕심이 하늘을 찌르는구나."라는 음성에 깜짝 놀라 '지금의 괴로움은 겨자씨만도 못한데 신이여 내 죄를 용서하소서.'라고 고백하는 순간 마음에 평안이 온다.

안온하고 평화로운 날씨에는 큰 돌 놓아 만든 징검다리를 콧노래 부르며 성큼성큼 기분 좋게 건너지만, 비가 와 물살이 세져서 내 힘으론 도저히 건널 수 없게 되면 내 곁에 슬며시 나타나 "내 등에 업히렴. 나는 항상 너를 지켜보고 있어. 어려울 땐 나를 불러라." 하며 부모 사랑보다 더 다정한 음성으로 다가온 분. 그분과 동행한다면 도저히 불가능하다고 생각될 재단법인에 대한 꿈도 꼭 이룰 것이라는 확신이 생긴다.

산과 나무, 모든 자연과 함께하며 그 품에 사는 것은 커다란 축복이다.

# 수목장

세상을 이별할 때가 가까워지니 한 가지 숙제가 더 생겼다. 사후 육신이 갈 장지 때문이다. 선영의 묘지는 물론이고 우리 부부에 대한 문제도 생전에 결정해서 자녀들 짐을 가볍게 해 주고 싶다. 고향이 멀다는 핑계로 성묘조차 자주 못 가는 처지임으로 자녀들이 편리하게 찾을 서울 근교를 생각했다.

요즈음은 화장하는 문화가 대세이고, 여러 조건을 따져 봐서 화장까지는 결심했는데 그다음이 문제다. 아내는 우리 교회 소유 소망동산으로 가자고 하지만, 재단설립에 대한 꿈을 꾸고 있는 내 생각은 다르다. 만약 그 꿈이 이루어져 재단이 설립된다면 후손들 모두가 함께 들어갈 수목장을 생각하게 되었다.

그 수목장은 단순한 장지가 아니라 '사랑나무재단'과 함께 가야 하기 때문이다. 그곳은 후손들 믿음, 교육, 화합의 장소로서 충분한 기능을 할 수 있는 규모의 시설이 필요하고 그것을 운영할 계획과 여러 가지 세밀한 설계가 필요하다.

그 터를 찾기 위해 수년간 고생했다. 풍수지리에 조예가 깊은 친구와 틈나는 대로 여러 곳을 찾은 결과 마음에 드는 곳을 정했다. 풍수지리를 믿는 건 아니지만, 친구가 권하는 곳에 가서 사방을 둘러보면 어쩐지 마음이 푸근하고 지금 내가 살 곳도 이런 곳이면 좋겠다는 마음이 든다. 그곳으로 장소는 결정했는데 아직 토지매입은 보류하고 있다. 재단 설립과 연관이 있기 때문이다.

만약 재단 꿈이 무산되면 아내의 의견대로 소망동산에 잠들 것도 생각 중이다. 가장 중요하게 생각하는 것이 형제간의 우애인데 장지로 인해 불화가 될 소지를 남기지 않기 위함이다. 그동안 종친회에 관계하면서 대부분의 종중이 재산 때문에 싸우고 소송하는 좋지 못한 광경을 많이 봤다. 자녀들에게 분쟁의 빌미를 없애야 한다고 항상 생각하고 있다.

그래서 재단 설립의 꿈이 이루어진다면 수목장, 재단법인, 가족법인, 셋이 같은 목적으로 목표를 향해가는 믿음의 원천이 될 것이다. 수목장의 소유 및 운영을 어느 한 개인이 아닌 가족법인이 운영함으로써 공동운명체라는 인식을 하게 되고, 후손 전체가 이용하는 장소가 되기 때문에 재단과 함께 대대손손 이어간다면 신앙 속에 뭉친 후손들이 묘지 때문에 고통받지 않고 화합의 장이 될 것이다.

나 자신이 조상들 모시는 데 소홀하면서 후손들에게 잘해주기를 바라겠는가. 그러나 재단이 설립되면 예수님의 뜻인 사랑의 실천이 수목장으로 인해 대를 이어 더욱 활발해지리라 믿는다.

수목장 입구에는 '사랑의 문'이라는 간판을 세울 계획이다. 가족법인과 재단법인, 수목장 셋이 함께 "서로 사랑하라."는 예수님 가르침을 실천하는 역할을 할 것이다. "내 뜻대로 마시옵고 아버지의 뜻대로 하시옵소서."라고 기도하신 예수님 말씀처럼 소망수양관이냐 수목장이냐, 이 문제는 신이 결정하여 주리라 믿고 기다릴 뿐이다.

# 열정과 집중

예순이 다 되어
새로운 꿈을 설계하던 중 '사랑나무재단'을
설립할 계획을 세웠다. 처음에는 애매모호하던 목표가
사랑의 씨앗을 한 알 한 알 심을 때마다
분명해지고 그 목표를 달성하기 위해
20여 년 동안 열정을 다해 집중하고 있다.
힘든 여정이지만
어느 정도 기초는 다졌고
이제 도약할 단계에 와있다.

# 선택의 기로에서

세무사, 나는 이 직업을 선택한 것에 만족한다.

다시 태어난다 해도 이 정도의 직업만 가질 수 있다면 행복할 것 같다. 우선 자유롭고, 재산가를 상대하는 점이 좋으며, 납세자들의 어려운 문제를 도와준다는 점이 정신건강에 유익하다. 자유 직업이어서 시간을 할애해 여가를 즐길 수 있고, 생활하는데 궁핍하지 않다. 재정 역군의 보조자 역할과 납세자의 권익 보호 등 공적 역할도 하면서 그 외에 생활인으로서 누릴 수 있는 장점도 많다.

세무공무원 생활 14년 만에 세무사로 전직한 것은 행운이었고 그 시점이 적절했던 것에 감사한다. 뒤늦게 9급 공무원으로 첫발을 뗀 후, 승진해서 평생을 갈 것이냐, 어느 정도 생활이 안정되면 세무사 개업으로 새로운 길을 모색할 것이냐로 고민했다. 공무원으로 성공하려면 수입이 적더라도 국세청 본청으로 가야 하는데 당시에는 그런 기회를 잡지 못하고 일선 세무서만 돌게 되었다. 생활에 아쉬움은 없지만, 승진은 먼 나라의 이야기처럼 들렸다.

해가 가고 국민소득이 높아질수록 세무공무원의 미래는 불투명하고 직무상 위험은 늘어 갔다. 조세제도가 정상화되면서 공무원 재량권은 줄어들고 사정 기관의 감시는 심해졌기 때문이다. 무탈하게 지내다가

사고라도 생기면 책임을 지고 퇴직하거나 경제적으로 타격을 받게 되니, 심리적으로 항상 좌우를 살펴야 하는 긴장된 생활의 연속이었다.

세무공무원 생활에 의문을 갖고도 하루하루 지내고 있을 즈음, 한직인 D 세무서 징세 계장으로 발령이 나자 세무사 시험 준비할 기회가 찾아왔다. 세상 이치에는 음과 양이 있듯 그 자리는 자기 시간을 할애할 수 있고 눈치껏 공부해도 업무에 지장 없으면 간섭받지 않는 부서였다.

그래서 시험 준비 계획표를 만들고 본격적으로 한 과목씩 공략해 나갔다. 꼭두새벽에 일어나자마자 학원으로 달려가 강의 듣고 아침은 해장국 한 그릇으로 해결한 후 곧바로 출근하고 낮에는 예습과 복습을 하고, 퇴근 후엔 라면 한 개로 허기를 채운 후 또 다른 과목 배우는 학원으로. 그렇게 꽉 찬 하루를 보내며 1년여를 노력한 결과 단번에 합격하여 소중한 자격증을 갖게 되었다.

군 생활에서도 경험하지 않았던 동상까지 걸릴 정도로 추위에 떨며 힘든 시간을 보냈지만, 한번 떨어지면 다시 1년의 시간을 소비해야 하므로 계획표대로 최선을 다한 결과였다.

자격증을 갖게 되니 무슨 일이 생겨도 새로운 길이 있다는 든든함과 현직에서도 도움이 되어 자신감이 생겼다. 자격증 효과는 바로 나타났다. 내 전공인 법인세과로 보직이 바뀌었다. 법인세 업무는 회계학뿐만 아니라 민법, 상법 등 주식회사에 관한 필수 전문 지식이 있어야 가는 곳이다. 세무공무원 생활이 점점 팍팍해져도 그런대로 지낼만한 부서였다. 더욱이 그 관할지역은 개발지여서 중소법인이 우후죽순처럼 생겨나고 있었다.

세무사 개업하기에 딱 좋은 환경이어서 만나는 사람마다 좋은 관계를 맺고, 만약의 경우 개업할 때를 대비하고 있는데 갑자기 본청 감사과로 발령이 났다. 감사과는 전국 세무관서 및 세무공무원을 감사하기 때문에 권한이 막강하여 가고 싶어도 쉽게 갈 수 없고 큰 잘못 없으면 승진이 보장된 자리였다. 여기까지 오르니 퇴직할 때까지 공무원으로 남느냐 그만두고 세무사 개업을 하느냐 두 갈래 길에서 외로운 결정을 해야 했다. 그때 나이 41세였다.

세무사는 세무공무원과 밀접한 관계를 유지해야 하는데 감사 업무를 충실히 하면 징계, 파면 등 원성을 살 수밖에 없고 따라서 개업은 단념해야 한다고 생각되었다. 전후 사정을 아내와 상의하니 펄쩍 뛰었다. "세무사가 뭔데 좋은 직장을 그만두느냐?"라고 말도 못 꺼내게 하였다. 참으로 난감한 상태였다. 그 당시 세무사의 존재가치는 크지 않았고 세무공무원 중 나처럼 자진하여 퇴사하는 경우는 거의 없었기 때문에 아내의 주장도 일리는 있었다. 며칠을 두고 고민 끝에 한 가지 방안을 세웠다.

개업 중인 세무사들을 방문하여 그들의 의견을 듣기로 하고 하루에도 몇 곳씩 돌며 약 50여 명의 세무사를 만났다. 그만큼 고민이 많았고 미래의 선택에 신중했다. 그들의 의견은 반으로 나뉘었다. 반대 측은 "그처럼 좋은 직장, 더더욱 장래가 보장된 감사직을 자진사퇴하다니 세상 물정을 그렇게 모르느냐, 밀려날 때까지 꼭 붙들고 지켜라. 세무사 업황이 너무너무 어렵다." 반면에 찬성 측은 "지금 약간 어려워도 가족들 걱정시킬 정도는 아니며 마음 편하고 자유스럽다."라고 소확행을 권했다. 더하여 세무사 업계가 점차 좋아지고 있으니 미래의 꿈을 갖고 불안하고 힘든 곳에 미련 두지 말라는 충언이었다.

아내와의 갈등은 더욱 심한 가운데 선택은 내 몫이었다. 그러던 중, 첫 감사에 임한 S 세무서에서 한 직원의 부당 과세를 적발했다. 당사자는 살려 달라 애원하고 친지 부탁도 받고 보니 심정이 착잡했다. 아무리 생각해도 적성에 맞지 않는 자리라 느꼈고, 그 부서에서 성공하려면 다른 사람 잘되게 도와주는 내 천성이 바뀌어야 한다고 생각하니 감사 직무를 계속 수행하기 힘들어 즉시 사표를 냈다.

새롭게 진용을 갖추어 막 출발한 감사팀에 차질이 생기니 직속 상관이 화를 내며 만류하는 것은 이해되었지만, 여러 차례 만류에도 불구하고 한번 결심한 사표는 번복하지 않았고 한 달 이상 지난 후에 수리되었다.

내 인생에 또 한 번의 대전환이 이루어졌다. 자유 직업. 말 그대로 자유롭고, 내 판단, 내 의사에 의해 삶이 영위되는 행복한 시간을 꿈꾸었다. 개업 예배에 참석해 기도해주신 어느 전도사님 말씀이 내 영업의 길잡이가 되었다.

"이 방을 왔다가는 모든 이가 무엇인가 얻어가게 하옵소서."

그렇다. 손해 보지 않고 이익을 볼 수 있다면 친구까지 데려와 거래처는 계속 늘어날 것이었다. 사훈을 '신뢰, 책임, 실력'으로 정하고 성심을 다하여 노력한 결과 팔순이 넘은 오늘에도 노력한 것에 비해 적지 않은 소득을 올리며 즐겁게 살고 있으니 보이지 않는 손이 어려운 고비마다 동행한 결과일까?

# 한국세무사고시회 회장 시절을 회상하며

1982년 3월 16일은 생의 대전환이 이루어진 날이다.

드디어 공직생활을 끝내고 세무사로 개업했는데 신의 인도를 받은 듯 세무사 사업은 순항하였다. 세무사 생활 처음 일 년은 정말 열심히 뛰었다. 그동안 쌓아온 인연을 바탕으로 공무원 시절 친해진 사업자나 학교 동문, 종친회, 라이온스클럽에 가입하여 사업하는 분을 사귀는 등 올 라운드 플레이했다. 거래할 가능성이 있는 사업자를 열심히 찾아다니면서 '어느 구름에 비 올지 모른다.'라는 속담을 실감했다. 나와 거래할 것이라고 확신한 사람은 외면하고 별로 기대하지 않았던 분들이 나에게 마음을 주어 감동케 했다.

세무업무는 신뢰가 바탕이 되므로 한번 거래를 트면 특별한 잘못이 없는 한 계속된다. 개업 후 39년 되는 현재도 많은 거래처가 대를 이어 지금까지 우리 사무실을 찾고 있다. 긴 세월 고마운 분들이다.

일 년 만에 어느 정도 거래처를 확보하여 안정된 생활을 하고 있는데 국세청에서 기장 확대 5개년 계획을 발표하였다. 내용은 성실신고 제도를 도입하기 위해 인정과세 받는 사업자들에게 장부를 하도록 유도하는 내용이었다. 당시 법인업체가 아닌 개인들은 대부분 기장할 능력도 의지도 없이 세무공무원이 계산한 세금을 내고 있었다. 그런데 개

인사업자들도 기장하도록 법을 개정하니, 전에는 장부작성의 필요성을 설명해도 반응이 없던 사업자가 스스로 내 사무실을 찾아왔다. 사무실 공간과 직원을 늘려야 하는 즐거운 비명이 계속되었다. 매년 거래처가 늘어 수년 만에 300곳을 넘어섰는데 지금까지 그 상태를 유지하고 있다. 나 개인의 노력도 중요하지만 함께 일하는 분들과 지혜를 주신 분께 감사한다.

사무실 운영이 안정되고 마음의 여유가 생기자 세무사 시험 출신 모임인 한국세무사고시회에 관여하게 되었다. 한국세무사회의 구성원은 국세청 출신 모임인 국세동우회, 세무사 고시 출신인 세무사고시회, 석사 자격증 소지자인 석사회 세 그룹으로 나뉜다. 나는 국세청에서 근무한 경력이 있어 국세동우회 회원이면서 세무사고시회 회원이기도 했다. 고시회에 대한 열정과 비전을 갖고 오랫동안 열심히 참여한 결과 이사, 부회장을 거쳐 회장에 이르게 되었다.

당시는 세무사 업계에서 국세청 출신들에 비해 고시회의 역할이 미미할 때였다. 그러나 2년마다 치르는 세무사회 회장 선거에 고시회의 영향이 매년 증가하자 자연히 한국세무사회에서의 발언권도 점점 커졌다.

한국세무사고시회 14대 회장에 취임하자 고시회 미래에 대한 큰 그림을 그려보았다. 당시는 명칭만 한국세무사고시회였지 수도권 중심으로 운영되고 있어 전국 단위로 조직을 확대해 참여 회원 수를 늘릴 필요가 있었다. 전국 규모로 회 조직을 확대하려면 많은 예산이 소요됨으로 집행부의 헌신적인 행동이 필요했다.

회장인 나부터 종전 연회비를 5배(10,000,000원)로 대폭 인상하고 부회장, 이사 등 임원들 모두 회비 인상에 뜻을 같이하여 예산 규모를 대폭 늘렸다. 이를 바탕으로 회 창립 이래 처음으로 1박 2일 코스로 전국 단위 워크샵을 수안보 조선호텔에서 개최하였다. 전국 각지의 많은 고시 회원들이 참여하여 회 발전의 필요성을 절감했고 이 모임은 전국적인 고시회 태동의 시발점이 되었다. 워크샵 후속 조치로 전에는 임원 회비만으로 운영되던 예산을 전국에 있는 일반회원들에게 십시일반으로 모금한바, 점진적으로 참여 인원이 늘어 관심도 높아지고 예산도 대폭 늘어 고시회 부흥의 원동력이 되었다.

'네 시작은 미약하였으나 네 나중은 심히 창대하리라'라는 말처럼 전국에 있는 지방회원들이 적은 돈이나마 스스로 회비를 내고 그들이 각기 자기 지역 고시회 만들 계획을 하게 되어 점차 4개 지방회를 거느린 한국세무사고시회로 발전하는 주춧돌을 놓았다고 자부한다.

두 번째 사업으로는 일본청년세리사연맹과의 교류다. 당시 일본 세무사 업계는 우리보다 훨씬 앞서 있어 규모나 회원 수가 월등했다. 한국세무사회의 상대가 일본세리사회라면, 일본청년세리사연맹의 상대는 한국세무사고시회다. 한국과 일본 두 나라는 자국의 정기총회에 상대방을 초청했는데 그해도 일본청년세리사연맹이 우리를 초청하였다. 종전에는 이런 행사에 임원진 몇 명만 참석했으나 이번에는 30여 명 가까운 인원이 참석하여 그들을 놀라게 하였다. 그 결과 그들은 다음 총회를 대한민국 서울에서 개최하겠다는 제의를 하였다. 그들의 제의도 뜻밖이었지만, 우리가 그 행사를 뒷받침할 능력이 문제였다. 고민이 잠깐 됐으나 국가 간의 민간외교에도 기여할 필요가 있어 밀고 나갔다.

나는 그곳에 참석한 회원들 동의를 얻어 방문 마지막 날 만찬장에서 일본 하시모또 회장과 합의문을 발표하고 그들의 정기총회를 서울에 유치하였다. 그 합의 내용대로 다음 해에 서울힐튼호텔에서 일본청년 세리사연맹 정기총회 및 한·일 세무사 제도 국제 심포지엄을 개최하여 보람 있는 큰 성과를 거두었다.

그러나 1997년 4월 28일 한국세무사회장 선거 때 고시회 직전 회장을 러닝메이트 부회장으로 당선시키지 못한 것은 못내 아쉽다. 지금은 고시회가 세무사회를 좌지우지할 정도로 성장했지만, 당시만 해도 국회나 정부의 보호막이 필요한 이유로 국회의원이나 정치인이 회장직을 계속 이어오고 있었다. 그런 상황이니 고시회 출신이 회장 자리를 넘보는 것은 언감생심이었고 잘해야 부회장 또는 감사로 진출하였다. 그런데 처음으로 정치인이 아닌 국세청 출신 공무원들끼리 세무사회 회장 선거에 출마하였다. 국세청 고위직 출신과 하위직 출신이 대결함으로 국세동우회 회원끼리 맞서는 싸움이었다.

고위직 출신과 하위직 출신 후보. 누가 보아도 선거는 끝난 것처럼 보였다. 나는 수차례 회의를 개최하고 고시회 회원들 뜻을 모아 우리 회 전임 회장을 고위직 출신 러닝메이트 부회장 후보로 천거하였다. 고위직 출신 선거진영과 여러 번 협상하고 합의하여 선거운동을 시작하려는데 돌발사건이 발생했다. 무슨 연유인지 후보 등록 마지막 날에 고시회가 추천한 전임 회장을 배제하고 다른 사람을 러닝메이트 부회장 후보로 등록하였다. 교체된 후보는 나와 절친한 친구였고 고시회의 임원이었다. 정말 난감한 일이 발생했다. 즉시 회의를 소집해서 대책을 논의했다.

우리 고시회가 추천할 부회장 후보는 전임 회장으로 하는 것이 관례였는데 이번만 예외일 수 없고 고시회를 무시한 배신감에 모두 흥분했다. 또 다른 상대방 하위직 후보는 이미 진용을 갖춰 선거운동을 시작한 때이므로 그곳에 우리 후보를 추천할 기회마저 놓쳐 분위기는 더욱 격앙되었다. 결국, 우리가 부회장후보는 못 냈지만, 고위직 후보 낙선운동과 함께 상대방 하위직 후보를 밀기로 합의하였다.

우리 후보도 못 내고 선거운동을 해야 하는 심정은 참으로 씁쓸하였다. 골리앗과 다윗의 대결. 누가 보아도 고위직 후보로 결론 난 것처럼 보였던 선거판은 점점 뜨거워지기 시작했고, 결국 하위직 후보의 승리로 끝났다. 고위직 선거캠프가 다윗의 물맷돌인 고시회를 경시하고 자만에 빠진 탓에 다 이긴 승리를 놓친 것이다. 반대편 후보인 친구와는 그 후 서먹하게 되었고 선거에 이겼어도 이긴 것 같지 않은 묘한 기분이었다. 고시회 회장으로서 직전 회장을 한국세무사회 부회장에 진출시키지 못한 책임은 불가항력이었지만, 지금도 후회와 아쉬움이 남는다.

# 한국세무사회 선물

평생을 지내다 보면 수많은 사람, 동식물, 시간과 공간에서 관계를 맺고 살아가게 된다. '옷깃만 스쳐도 인연'이라는 말처럼 나 역시 내 주위를 둘러싸고 있는 모든 삼라만상과 인연을 맺으면서 살고 있다. 그중에서 내 인생 후반부에 깊고 긴 인연을 맺고 있는 곳이 'D' 그룹이다.

1999년 4월 28일 나는 구 회장의 러닝메이트 부회장 후보로서 치열한 선거를 치르고 한국세무사회 부회장에 당선되었다. 당선의 기쁨도 잠시, 임기 2년 동안 세무사회 발전을 위해 어떤 일을 할 것인가를 곰곰히 생각해 보았다. 세무사 제도개선 등 세무사 업계 최대 현안은 회장을 비롯한 전 임원들의 과제지만 부회장으로서 전 회원들에게 도움이 되는 무엇인가를 남기고 싶었다.

그러던 중 그해 5월경 처음 보는 K 세무사가 찾아와 D 사의 프로그램을 활용한 전산 세무회계 자격시험 프로젝트를 제안했다. 당시 회사경영이나 경리업무를 하려면 상업부기, 공업부기, 회계학 등을 익혀야 하는데 이를 검증해 줄 수 있는 자격시험이 대한상공회의소에서 실시하는 '부기' 자격시험밖에 없었다. 그러한 이유로 전국에 있는 상고나 전문대학 등에서 필수 교육과목으로 부기를 가르쳤다.

그러나 그 당시 상황은 컴퓨터 보급이 확산되어, 전산으로 장부를 만들기 시작했기에 컴퓨터를 이용한 부기 시험이 필요했다. '전산 세무회계' 자격시험이 필요한 시대가 열리고 있음을 간파한 나는 무릎을 치며 이 프로젝트가 성공하면 어마어마한 효과가 있을 것을 예감했다.

상대는 대한상공회의소. 언뜻 보기에는 다윗과 골리앗의 싸움으로 바위에 계란치기처럼 엄청난 상대가 버티고 있었다. 그렇지만 전산 시험은 이전에 없던 새로운 형식의 시험이기 때문에 한 번 도전해 볼 만한 가치 있는 과제라고 생각했다.

K 세무사의 말로는 전임 회장 임기 중에 제안하였으나 지금까지 진행되지 않아 답답하다는 것이다. 궁금해서 담당 사무직원을 불러 경위를 알아보니 제안 서류만 받고 검토도 안 한 채 책상 속에 잠자고 있었다.

그 이유는 자격시험 프로젝트를 추진하는 과정에서 알게 됐는데 내부에 또 하나의 골리앗, 바로 세무사 자격을 가진 오너가 경영하는 K 사가 뒤에 버티고 있었기 때문이었다. K 사는 당시 세무사 시장의 80%를 점유하고 있으나 D 사는 시장점유율 20%인 후발 주자로 누가 봐도 다윗이라고 생각되었다. 하지만 다윗인 D 사에게는 나름의 비밀 무기가 있었다. 비록 세무사 시장에 진출은 늦었지만, 전산 자격시험 관련 준비를 이미 완비하고 있었던 반면 골리앗인 K 사는 아직 시험 준비가 안 되어 1년 후에야 시험 시행이 가능한 상태였다.

신은 다윗의 승리를 계획하고 있었나 보다. 나를 부회장에 당선시켜 D 사가 세무사 시장을 석권할 계획을 미리 준비한 것일까. 양 회사의 승패는 시험 시기가 바로 지금이냐, 1년 후인가에 따라 갈리게 될 것으로 보였다. 제안 서류가 책상 서랍에 잠자고 있었던 이유도 바로 그 점이었다. 그럼 나는 왜 D 사의 손을 들어주려고 회장님을 설득하였을까. 우리 세무사회의 미래 위상, 명예, 사업성 등 중요한 문제가 걸려 있었기 때문이다.

마침 상공회의소에서 그해 말 이전에 부기 시험을 폐지하고 S 사의 지원하에 '전산 세무회계' 시험 준비에 박차를 가한다는 소식까지 들려오자 내 마음은 더 바빠지기 시작했다. 수십 년간 부기 시험을 시행해온 상공회의소와 생전 처음 시도해보는 한국세무사회. 여기에서 우리가 실기를 한다면 그 결과는 불문가지다. 우리가 먼저 치고 나가서 선점하지 않으면, 즉 1년 후에 시험을 시행한다면 패배할 것은 자명할 것이다.

내가 이러한 전후 사정을 회장님께 보고한 바 적극적으로 추진하라는 명을 받고 기 제출된 제안서를 검토하여 매주 열리는 상임이사회(세무사회 의결기구)에 상정하였다. 의안 내용 검토 과정부터 여기저기서 압력이 들어와 의안 통과가 힘들겠다는 것을 직감한 나는 회장님과 긴급회동을 하고 작전을 마련했다.

상임이사회 의안 토의는 예상대로 난항이었다. 회사의 운명이 걸린 K 사 오너는 사력을 다해 부결시키려 했다. 아니, 의안 상정 자체부터 반대했다. 상임이사회 구성원 대부분이 친구이거나 한 다리 건너면 알게 되는 사이였다. 심지어 이 안건 기안자인 세무사는 같이 골프 칠 정도로 가까운 친구였다. 그런 연유로 검토 단계부터 나와 마찰이 심했다. 내가 담당 부회장인데도 내 힘만으론 도저히 안 되어 회장님께 도움을 요청했고 그 결과 회장님이 담당 세무사를 불러 의안 작성을 요구해서 겨우 안건이 상정될 정도였다.

이런 상황이니 첫 회의에서 통과된다는 것은 어림없는 일이었다. 그때마다 회장님의 회의 진행 솜씨는 놀라웠다. 의안 부결이 아닌 의안 보류 상태를 셀 수도 없이 계속하면서 안건이 통과되기까지 수개월이 걸렸다. 그동안 회의 한번 할 때마다 찬성표가 한 표씩 늘어갔다.

동시에 K 회사에 시험실시 시기는 양보할 수 없지만, D 사보다 여러 가지 좋은 조건을 제시해 같이 가도록 설득했다. 결국, 상공회의소보다 먼저 1999년 11월 14일 전산 세무회계 자격시험이 전국에서 한국세무사회 명의로 치르게 되었고 그 결과는 대성공이었다. 한국세무사회는 경제적 이익과 명예를 얻고 조직 위상 또한 크게 높아졌다.

이 사업을 추진하는 과정에서 친한 회원들로부터 많은 항의 전화도 받고 심지어 욕설까지 들었지만, 뚝심 있게 밀어붙인 결과 지금은 큰 자부심을 갖고 있다. 뚜렷한 명분과 실익이 있었기 때문에 가능했던 일이다. 결과는 극명히 갈리었다. 예상대로 매년 시험응시 인원이 증가하여 수십만 명에 이르렀고 세무사회는 그에 따른 수수료 수입이 대폭 늘어났다. '전산 세무회계 시험'하면 대한상공회의소가 아닌 한국세무사회로 새롭게 각인되어 전국 상업계 고등학교, 전문대학, 대학에서 세무사회 자격취득을 목표로 공부하게 되었다.

양 사의 운명은 더욱 갈리었다. 시험 시행 전 양 사의 시장점유율이 8대 2에서 시험 후에는 거꾸로 2대 8로 완전히 역전되었다. 그 결과 우여곡절을 겪은 후에 K 사는 D 사에 흡수되어 자회사로 명맥을 유지하고 있다.

결과적으로 보면 K 회사 오너에게는 미안하고 죄송하지만, 큰 흐름에서 생각하면 성사돼야만 하는 일이었고 한국세무사회에 큰 선물을 마련한 셈이다. K 사 쪽에서 보면 황당한 악연이지만, 그 후부터 D 사와는 어떤 운명과도 같은 인연을 맺고 많은 사람에게 좋은 영향을 주고 있다. 그 인연은 지금까지도 계속되고 있으니 이것은 신만이 알고 있지 않을까?

# 열정과 집중

얼마 전 『골퍼와 백만장자』라는 책을 읽었다. 그 책에는 실패한 골퍼가 성공한 백만장자의 지도를 통하여 좌절을 극복하고 U.S. 오픈에서 우승하는 과정이 쓰여 있다. 백만장자 자신이 사업에 성공한 경험을 토대로 수렁에 빠진 골퍼 지망생에게 용기를 불어넣어 인생을 다시 살게 한 내용이다. 이 책은 골퍼뿐만 아니라 모든 이에게 교훈이 되는 내용이다. 골퍼 지망생은 백만장자의 지도에 힘입어 열정적으로 골프 연습에 몰두하였고, 시합에 임하면 모든 것을 잊어버리고 게임 그 자체에만 온 정신을 집중하였다. '열정과 집중' 두 가지가 성공한 골퍼를 만드는 원동력이었다. 이 두 가지는 운동이나 사업 성공에만 국한된 것이 아니다.

내가 러닝메이트 부회장으로 출마한 한국세무사회 회장 선거에서도 나는 열정과 집중의 효과를 확인했다. 우리 측 임 회장 후보는 지난번 선거에서 정말 열심히 뛰었다. 하루 50곳씩 전화해도 전화 거는 데만 100여 일이 소요되기 때문에 잠시라도 쉴 틈이 없었다.

나도 임 후보와 함께 장장 8개월 동안 선거에 몰두하느라 사무실 일을 소홀히 해 소득이 크게 줄었다. 더 중요한 목표를 위해 경제적 손실을 감수하는 것은 당연하다고 생각했다. 3명의 후보가 각축전을 벌여 2차 투표까지 갈 것이라던 예상과 달리 1차 투표에서 당선의 영광을 얻었다. 선거는 사느냐 죽느냐의 냉혹한 게임이다. 당선되면 영광이지만, 패자의 비참함은 이루 말할 수 없다. 나도 부회장 선거에 두 번, 감사 후보로 두 번 출마했다가 감사 선거에서 한 번 낙선한 경험이 있다. 내 선거에만 집중해야 하는데, 다 이겼다고 자만하여 우리 진영 회장 선거 지원하다가 상대 후보의 견제로 낙선했다. 그때의 참담함이란 생각하기도 싫다.

그 실패를 교훈 삼아 사무실 운영이나 증권투자 사업에도 '열정과 집중'으로 임했으나 만족한 결과를 얻지 못했다. 무언가 부족한 것이 있었기 때문이다. 어느 땐가 장부기장 위주로 운영해온 세무사무소를 개혁하여, 김앤장 법률사무소처럼 대규모 세무법인을 만들기 위해 신규 세무사를 고용했으나 방향 설정 잘못으로 꿈을 접었다.

증권투자 사업에서도 일시 큰돈을 벌었으나 위기관리를 잘못해 원위치되었다. 올바른 목적 없이 행한 계획 때문이었을까. 예순이 다 되어 새로운 꿈을 설계하던 중 '사랑나무' 재단을 설립할 계획을 세웠다. 처음에는 애매모호하던 목표가 사랑의 씨앗을 한 알 한 알 심을 때마다 분명해지고 그 목표를 달성하기 위해 20여 년 동안 열정을 다해 집중하고 있다. 힘든 여정이지만 어느 정도 기초는 다졌고 이제 도약할 단계에 와있다. 성공한 골퍼처럼 '열정과 집중'을 통해 목표를 달성할 날이 꼭 오리라 믿는다.

# 稅上(세상) 살면서 '복의 근원' 되기를

"이 방에 들어온 모든 사람에게 도움이 되는 사무실이 되게 하소서. 문지방을 나서는 모든 분이 무엇인가 얻고 돌아가게 하여 주시옵소서."

1982년 3월 9일 종로 3가에 둥지를 튼 세무사 사무소 개소식 날, 개업 예배 때 전도사님이 하셨던 기도 내용 중 일부다. 고개를 숙이고 전도사님의 기도를 듣던 나에게 섬광처럼 스치는 대목이었다.

바로 이것이다. 그렇다, 내 사무실에 오시는 모든 분께 아무리 사소한 것일지라도 무엇인가 얻고 돌아가게 하여야 한다. 만약 잃은 것이 없다 하더라도 얻는 것이 없다면 찾아온 시간만큼 손해를 보는 것이다. 그 후 이 기도문은 내 뇌리에 꽉 박혀 생활의 좌우명으로 삼고 있다. 비단 세무사 업무뿐만 아니라 세상 살면서 접하게 되는 모든 부분에 무엇인가 도움이 되는 사람이 되고자 노력하고 있다. 성과 유무를 떠나 이러한 의식을 갖고 매사에 임한다는 것은 중요한 일이다. 왜냐하면, 최소한 남에게 피해를 주는 일은 하지 않으려고 노력하기 때문이다.

이 기도문의 효과는 세무사 사무실 운영에서 나타났다. 나는 기회 있을 때마다 직원들에게 이 말을 상기시켰고 직원들은 나와 뜻을 같이했다. 우리는 모두 함께 우리 사무실에 들어온 모든 분이 편안하고 즐거운 마음을 갖도록 노력했고, 더욱이 거래처에는 무엇인가 도움이 되는 사무실이 되자고 다짐하고 있다.

그 결과 우리 사무실은 많이 번창했다. 도움을 받은 거래처가 또 다른 거래처를 소개했기 때문이다. 세상에는 도움을 주는 사람, 도움을 받는 사람, 도움을 주지도 받지도 않는 중간적인 사람, 이 세 가지 유형으로 구분할 수 있다면, 나는 도움을 주는 사람으로서의 즐거움을 맛보고 싶다. 이것이 바로 사무실이 번창하게 된 원인이 되고 결과적으로 복의 근원이 될 것이기 때문이다.

# 은혜를 갚는 사회

'상도'의 원작 소설을 읽다 보면 한 인간과의 만남이 평생을 좌우하는 큰 계기를 만드는 것을 본다. 주인공 '임상옥'이 '장미령'이라는 중국 소녀를 만남으로 인하여 조선 제일의 거상이 되는 과정이 흥미롭다.

친구를 따라 사창가를 찾게 된 임상옥이 사창굴에 팔려 온 장미령이라는 소녀를 만나 피 끓는 혈기를 자제하고, 자신은 구렁텅이로 빠질지도 모를 결단을 하므로써 그 소녀를 사창굴에서 구해준다. 후일 고관대작의 부인이 된 그 소녀는 은혜에 보답하기 위해 중국 연경에서 40일 걸려야 도달할 거리인 조선국 의주까지 5년이 넘는 긴 세월 동안 수소문해서 임상옥을 찾아 거상으로 발돋움할 수 있는 기틀을 제공한다. 이 같은 보은의 정신은 오늘날 우리 사회에서도 한번 생각해 볼 일이다.

언젠가 필자는 신문에서 물에 빠진 후배를 구하고 자신은 죽음을 맞은 학생 부모의 사연을 읽은 일이 있었다. '진실이 아니라도 좋으니 그 후배와 부모가 한 번이라도 찾아와 사죄하며 고맙다는 인사를 하였으면 덜 억울하겠다.'라는 것이었다. 물론 아들이 그런 보은의 인사를 받기 위해 대신 죽은 것은 아닐 테지만, 부모 마음은 충분히 헤아려진다. 어느 부모가 아들의 죽음을 "고맙다"라는 말 한마디로 대신할 수 있겠는가!

　요즈음 개업한 세무사들로부터 종종 "국세청 현직에 있을 때 세무사 개업을 하면 도와주겠다던 납세자가 막상 사무실 문을 열고 보니 전혀 딴 얼굴을 할 때는 정말 배신감을 느꼈다."라는 소리를 듣는다. 필자도 40여 년 전 개업했을 때 똑같은 경험을 했기 때문에 그 심정을 충분히 이해할 수 있었다.

　'사람이야말로 장사로 얻을 수 있는 최고의 이윤이며 따라서 신용이야말로 장사로 얻을 수 있는 최대의 자산이다.'라는 『상도』 1권에 나오는 이 말에서 나는 장사 대신 세무사업을 넣고 신용과 사람을 귀히 여기고 있다.

　인간관계가 이해관계 측면에서 본다면 베푸는 만큼 다시 받을 수 있다는 기대를 할 것이고 그 기대감이 무너지면 서운한 감정을 품게 될 것이다. 그래서 아예 처음부터 기대감 없이 관계를 맺으면 좋으련만, 보통 사람들이 성인들처럼 마음 비우기가 쉽지 않다.

　일상생활에서 부딪치는 매일의 사건이 모두 이해관계로 얽혀 있고 크건 작건 간에 도움을 주고받는 관계이고 보면 상대방을 배려하는 마음이 조금만 부족해도 상대의 마음을 상하게 하는 경우가 많을 것이다. 그로 인해 작게는 불만이 쌓이고, 좀 더 커지면 고성이 오가며 충돌하는 경우까지 발전하게 된다. 그리하여 구성원들의 관계가 나빠져 사회 전체가 파괴되어 가는 것을 자주 목격한다.

　우리 사회가 밝은 사회가 되려면, 받은 은혜를 다 돌려주지는 못하더라도 마음만이라도 빚을 갚을 생각으로 살아야 한다. 그렇게 될 때 남을 배려하는 마음이 생겨나고 결과적으로 좋은 관계가 지속된다. 이런 생각을 할 때마다 필자는 인생을 정리하는 길목에서 지나온 사건이나 사람들을 떠올리며 전에 신세 졌던 사람들에 대하여 부족한 점이 없었나 반성해 본다. 그들에게 기쁘게 하지는 못할망정 서운하거나 섭섭하게는 안 했는지, 은혜를 갚기는커녕 손해를 입힌 적은 없는지를 되짚어 본다.

# 자유인과 종

    IMF 후유증으로 사무실 운영이 어렵다. 폐업이 속출하여 거래처는 줄어들고 그나마 남아있는 거래처도 미수가 급증하여 현금이 돌지 않는다. 물가 상승에 더하여 임금도 올라가니 설상가상이다. 그렇다고 직원 구하기가 쉬운 것도 아니다. 다른 세무사들의 사정을 물어보면 비슷한 처지인 것 같았다.

    이러한 사정은 세무사 사무실뿐만 아니라 다른 중소기업들도 똑같이 겪는 상황이니 더욱 안타깝다. 이렇게 어려운 상황을 돌파하려면 직원들과 힘을 합쳐 일심동체가 되는 수밖에 없다. 그래서 힘을 합치는 방법을 연구하다가 '자유인과 종'이라는 극단적으로 대치되는 어휘를 생각해 보았다.

    설악산 대명골프장 연리지 홀에 가면 연리지 나무가 있다. 그 모습이 사랑하는 남녀 한 쌍 같은데 서로 갈라놓을 수 없을 것 같이 생겼다. 그런데 같은 연리지 나무라도 분재원의 나무와는 다르다. 비록 분재원 나무가 모양은 더 예쁘고 보기 좋을지라도 정원사의 손에 길들여진 모습은, 나무의 의지와 상관없이 억지로 사랑한 결과물이어선지 어딘가 어색하다. 자유의지와 타인 의지의 결과물로서 자유인과 종의 차이 같다. 그렇다, '자유인과 종'의 비유를 들어 직원들의 마음에 호소하자!

"여러분은 내가 지시하고 독려하는 사항에 대하여 눈치나 보고 마지 못해 끌려오고 있는가. 아니면 스스로 무엇인가 수입을 올리고 능률을 올릴 수 있는 일을 찾고 있는가. 근무시간이 지루하여 시계나 쳐다보고 시간 가기만 기다리는가, 아니면 시간 가는 것이 아까울 정도로 업무에 몰두하고 있는가. 사무실 운영에 대하여 불평이나 늘어놓고 사무실 분위기를 흐리게 하는가, 아니면 작은 소모품 하나라도 자기 집 살림처럼 아끼며 좋은 분위기를 만들려고 노력하는가. 주인의 눈치나 보며 피동적으로 시간만 보내는 종은 희망이 없다. 그러나 자유인을 보라! 자기 의지로 주인의식을 갖고 매사에 적극적이며 창조적으로 업무에 임한다. 자유인으로 살 것인가, 종으로 살 것인가. 여러분은 어느 편을 택하겠는가. 자유인이 많은 사무실만이 경쟁에서 이길 수 있다. 우리 사무실이 좋은 사무실이 되기 위해서는 서로서로 자유인이 되도록 격려하자. 이것이 모두가 잘 사는 길이다."

어려운 난국을 헤쳐나가기 위해서 직원들에게 호소한 이 어휘가 얼마나 위력을 발휘할 수 있을 것인가. 결과는 두고 봐야 알겠지만, 우리 직원 모두가 자유인의 의식 속에서 살아간다면 우리 사무실의 경영상태가 호전됨은 물론이고 그들 자신의 앞날도 밝을 것이다.

오늘도 내일도 그들 스스로 자유인이 되도록 심혈을 기울일 계획이다.

# 초록에 안기고 싶은 6월

세무사 사무실에 근무하는 직원들에게는 봄을 느낄 겨를이 없다. 새해가 시작되자마자 근로소득세 연말정산부터 시작하여 3월에는 12월 말 결산 법인세 신고와 4월의 부가가치세 신고를 거쳐 5월 종합소득세 신고까지 끝나면 어느새 6월에 와 있다. 그동안 야근도 하고 밤을 꼬박 새우는 경우도 더러 있다. 이처럼 심신이 지쳐있는 상황에서 맞는 6월은 우리에게 특별한 의미가 있다. 특히 무사히 일을 끝마친 성취감과 더불어 일 년 중 주머니도 가장 두툼해지니 각박하던 상황에서 벗어나고픈 충동을 느낀다.

그래서 세무사들은 대부분 그즈음에 여행을 떠난다. 나도 직원들과 함께 설악산을 거쳐 동해안을 따라 2박 3일 동안 머리를 식히고 돌아왔다. 싱그러운 녹색의 산과 들을 바라보는 것만으로도 그동안 쌓였던 피로가 어느 정도는 풀린다. 울창한 숲과 맑은 물을 접하면서 자연은 몸과 마음의 영양제이고 충전제인 것을 실감하였다.

그 후, 나는 일본에 다녀올 기회가 있었고 일본의 숲과 물을 대하게 되었다. 그곳은 우리 산하보다 더욱 푸르고 물은 맑았다. 비가 많아서 충분한 수분이 공급되었기 때문일까? 그러나 꼭 자연적인 조건만은 아닌 듯싶었다. 울창하게 조림된 산림은 물론이고 집집마다 아무리 협소

해도 공간만 있으면 나무가 자라고 있었다. 더욱이 깔끔하게 정돈된 나무들을 보면서 자연환경 개선과 기존 환경 보호에 힘쓴 흔적이 보였다. 환경문제에 소홀한 우리나라의 현실을 생각할 때 부러운 마음이 들었다.

금년은 계절이 빨라서인지 6월 중순인데도 한여름처럼 무더워 하루쯤 교외를 찾아 '푸른 초장'에 눕고 싶은 생각이 불현듯 떠오른다. 언젠가 "울창한 숲과 맑은 물과 푸른 잔디만 있으면 가장 행복한 삶을 살 수 있다."고 어느 여행자가 말한 적이 있었다. 그 말은 내 어린 시절 깊이 새겨진 정경을 일깨워 더욱 더 실감 나게 들려왔다.

중학교 일 학년 농번기 방학 때의 일이다. 전쟁의 폐허에서 채 복구되지도 않았던 50년대 중반, 먹고살기에 급급한 시절에 산림녹화니, 식목이니 하는 말은 사치스러운 단어일 뿐이었다. 그 시절 도시의 생활이란 메마르고 메말라 나무 한 그루조차 제대로 구경하기 힘든 삭막함 그 자체였다. 그러한 환경에서 3개월여를 지내고 농번기 방학을 맞아 시골집을 찾았을 때의 풍성함이란……

감나무와 가죽나무 그리고 탱자나무로 둘러싸인 울타리는 무성한 나뭇잎으로 장관을 이루었고, 100평 남짓한 텃밭에는 상추, 고추, 가지, 감자, 옥수수가 푸른 물결을 이루어 마치 녹색의 장원에 온 것 같은 초록에 압도되어 탄성이 저절로 나왔다. 그때의 정경은 지금도 눈앞에 생생하고, 일상의 생활에서 답답함을 느낄 때마다 녹색의 풍요함이 그립다. 콘크리트 건물만 보다 초록색을 접하면 저절로 심호흡을 하게 되고 가슴이 펴지는 기분이 든다. 자연은 현대인의 안식처고 휴식처이다.

세무사고시회 여행팀이 뉴질랜드 남섬을 방문했을 때도 같은 느낌을 받았다. 끝없이 펼쳐지는 푸른 초장 위에 한가로이 풀을 뜯는 양 떼들. 꿈 많던 어린 시절 보았던 교과서의 사진과 똑같아 탄성을 질렀다. 그 양 떼 옆에 함께 눕고 싶은 충동, 신록의 계절 6월을 보내면서 초록에 취해 본다.

# 눈 감고 걸었을까?

　말로만 보일러를 제조한답시고 뚜렷한 시설이나 자금도 없이 특허권 하나만 가지고 군납을 목표로 뛰고 있던 M 사. 그 회사의 경영자와 만난 후 나는 도무지 알 수 없는 힘에 끌려 끝없는 나락으로 떨어졌다.

　나는 당시 N 세무서 법인세과에 근무하고 있었다. M 사의 대표이자 학교 선배인 K 씨가 세금을 못 내 체납자 명단에 올라있었다. 일선 세무서 업무 중 체납정리는 매우 골치 아픈 업무여서 기피하는 업무 중 하나다. 정리 실적을 매일 혹은 매월 보고해야 했고 실적이 나쁘면 시골 벽지 세무서로 쫓겨 가기 때문에 모두 신경이 곤두설 수밖에 없다.

　관례대로 우리 그룹 체납자 명단을 놓고 각 직원 간에 균등하게 분배했는데, M 사는 나에게 배당되었고 그 회사의 체납금액이 많아 내 총 담당 액수의 90%나 되었다. 그 회사의 체납액을 받지 못하면 다른 모든 곳을 다 징수해도 세무서 전체에서 꼴찌를 면할 수 없을 것 같았다.

　상황은 심각했다. 발이 닳도록 K 씨를 만나 내 사정을 말했지만, 그때마다 군납이 곧 성사될 테니 조금만 참아달라고 희망 고문했다. 연말로 갈수록 체납 성적평가 마감 시간은 시계 소리처럼 재깍재깍 다가와 마음이 조급했다. 하는 수없이 그 회사 재산 중 가장 값나가는 백색전화를 압류하고 내가 대신 자금을 조달하여 급한 불을 껐다. 불행은 여기서부터 시작되었다. 자연히 회사와 가까워져 M 사에 빌려준 돈을 투자로 전환한 후부터 고생과 어둠의 길로 들어간 것이다.

국방부 납품만 이루어지면 엄청난 이득이 생긴다는, 특허가 있어 군납이 곧 성사될 것이라는, 지금 생각하면 M 사의 조직과 인맥, 기술 어느 것 하나 턱도 없는 상황이었는데 어찌 나는 눈을 감고 말았는지. 경영에 무지한 공무원이 무엇을 믿고 투자를 했는지. 욕심에 눈이 멀어 그들의 사특함을 눈치채지 못했다.

회사의 경영상태는 엉망이었다, 군납이 안 되면 없어질 회사였다. 대표는 물론 임직원 월급도 모자라 빚을 얻어 근근이 버티는 형편이었다. 처음에는 세금 때문에 빌려준 돈을 받으러 다니다 군납이 곧 결정되리라는 그들의 감언이설에 넘어갔다. 기술자인 대표는 물론 군납 담당인 전무와 직원 모두가 같은 말을 했다. 그래서 더 많은 돈을 빌려주게 되었고 급기야 지분투자로 전환한 뒤 한번 발이 빠지니 점차 깊게 들어가 결국 M 사를 혼자 인수하게 되었다. 정말로 안타깝고 답답하였다.

군에 연고가 있는 아는 형님을 모셔다가 대표 자리를 맡기고 운영하였으나 뜻대로 되지 않았다. 곧 계약된다던 군납은 첫발도 떼지 못한 상태였고 시중 판매도 신통치 않아 매년 결손을 면치 못했다.

그런 와중에 그들과 특허권 문제로 분쟁이 생겼다. 특허권을 내놓으라는 것이다. 특허권이 군납에 필수요건이므로 M 사를 망하게 한 후 자기들이 새로운 회사를 만들려는 속셈이었다. 이미 투자된 많은 돈이 없어진 마당에 그것마저 포기한다면 사업을 접는 것과 같았다. 너무 억

울해서 그들의 요구에 응할 수 없는 상황. 그러나 지금 생각하면 그때 그 사람들과 다툼을 끊었어야 했는데.

그들은 급기야 자기들이 경영할 때 누락 한 매출액을 탈세 제보 형태로 세무서에 신고했다. 대주주인 나를 궁지로 몰아 특허권을 뺏을 요량이었다. 많은 세금이 부과되었고 대주주인 나는 모든 것을 책임져야 했다. 살던 집이며 조그만 땅이며 모든 재산을 처분하여 세금을 완납하고 그 지긋지긋한 사업을 접었다.

그날 밤 아내와 나는 부둥켜안고 통곡을 했다. 그리고 다시 일어서자고 다짐했다. 우리는 아직 30대니 젊고 희망이 있는 나이라고. 아픔을 딛고 일어선 아내는 살집을 물색하다 셋집보다는 미래가치를 고려해 귀신이 출몰할 정도로 오래 비워 둔 폐가를 헐값으로 샀다. 몇 개월에 걸쳐 수리하느라 심신이 녹초가 되었으나 거주환경은 크게 개선되지 않았다. 값싼 인부와 아내가 직접 고친 탓으로 마루는 덜컹대고 문짝도 맞지 않았다. 아내의 손은 엉망이 되고 부엌에서 물이 나와 주부에게는 크나큰 고통이었다. "부엌에서 물이 나오 다니, 쉼 없이 나온 물이 돈으로 변한다면 큰 부자가 될 거야."라며 서로 웃었다. 기막힌 헛웃음이었다.

지금 회상해 보면 나는 너무 순진했는지, 바보였는지 용기가 없었는지 치밀하지 못했는지 도무지 알 수 없다. 위기에서 탈출할 기회가 여러 번 있었는데도 모두 놓치고 말았다. 지분투자만 안 했어도, 마지막 경영권 인수만 안 했어도, 여러 가지 아쉬움이 남는다. 처음에는 동창 선배라는 믿음 때문이었을까, 다음에는 본전 생각 때문이었을까, 허황

된 욕심 때문이었을까.

특허권을 내놓으라고 요구할 때만 멈췄어도 사는 집과 작은 땅은 팔지 않았을 테고 또한 세금이 부과되기 전이나 후에 같은 동료들과 상의만 했어도 무슨 방도가 있었을 텐데. 특히 법인에 부과된 세금은 그당시 세법으로는 주주와 상관이 없었는데 왜 집까지 팔아가며 그 많은 세금을 냈는지 지금 생각해도 알 수가 없다.

그는 백색전화 압류 건으로 나를 검찰에 고발까지 했다. 검찰청이라면 벌벌 떨던 시절, 출두 명령에 찾아간 검사 앞에 죄인처럼 두려웠던 내 모습. 자초지종 내 이야기를 차분히 듣던 검사님은 생김새와 달리 매우 인자한 모습으로 "참으로 나쁜 선배구먼. 세상에 이럴 수가. 무고죄로 다룰 수도 있겠는데, 그러나 이런 문제엔 공무원은 약자야 참지"라며 위로의 말까지 남겼다. 아무리 생각해도 공무원 신분에 왜 그런 무모한 사업을 했는지 지금도 이해할 수 없다. 아마 거친 자갈길을 눈을 감고 걸었나 보다. 다시는 이런 만남이 없기를.

# 직업의 의미와 행복

삶을 영위하는 방법은 수천수만 가지다. 천한 직업에서 귀한 직업에 이르기까지 좋은 일을 하며 사는 사람이 있는가 하면 악한 일을 할 수밖에 없는 직업도 있고, 남을 부리는 사람이 있는가 하면 종속되어 있으며 얽매여 사는 사람도 있다. 그러면서도 모두가 바라는 것은 행복한 삶을 누리려 하는 것이다.

행복한 삶, 자기 자신이 행복하다고 느끼는 사람이 몇 명이나 될까? 행복하기보다는 그렇지 못한 편이 많은 것 같다. 행복한 삶을 살아가려면 여러 가지 조건이 많기 때문이다. 일반적인 행복의 조건을 생각해 본다.

제일 중요한 것은 건강을 유지하는 것이다. "재물을 잃는 것은 부분을 잃고 건강을 잃는 것은 전부를 잃는 것이다."라는 말처럼 병자들이 소중한 대가를 치르더라도 병실을 빠져나가기를 원하는 것도 그 때문이리라.

다음은 수입이 있고 없고 간에 할 일이 있어야 한다. 요즈음 명예 퇴직자들이 늘어나는 추세에 할 일 없이 매일 이리저리 배회하는 것도 크나큰 고통이리라. 마음 터놓고 믿음 줄 수 있는 친구가 있는 것 또한 의미 있는 행복의 조건으로 들 수도 있고, 심지어 부귀, 명예, 장수 등 사람에 따라서는 많은 조건이 성취되어야 행복을 느끼는 부류도 있다.

그중에서 의미 있는 일을 하며 행복을 느끼는 사람이 많은 사회는 한 단계 승화된 사회다. 가족, 사회, 국가 또는 자기 자신에게 무엇인가 의미 있는 일을 하며 행복감을 느낀다는 것은 중요한 일이다.

하버드대학교·인생 성장 보고서 『행복의 조건』(조지 베일런트)에 보면 노후 행복의 조건은 '사랑하며 일하며, 어제까지 알지 못했던 사실을 배우고, 사랑하는 이들과 함께 남은 시간을 소중하게 보내는 것으로 결론' 짓고 있다.

나는 여기에서 지금 내가 하고 있는 세무사업에 대해서 다시 한번 생각해 보았다. 단순히 돈만 벌기 위해서 일을 한다면 너무 삭막하고 힘든 일이 될 것이다. 자기 취미와 같은 직업을 갖는 자가 가장 행복한 자라고 하였는데 어차피 세무업무가 취미일 수는 없다. 그래서 내 직업에 의미를 부여하기로 했다.

첫째, 세법을 몰라 고민하는 납세자를 도와 고통을 덜어주니 좋은 일을 한 셈이고

둘째, 국가권력에 의하여 침해받기 쉬운 납세자의 권익 보호에 앞장서니 의미 있는 일이며

셋째, 납세자를 계도하여 정직 기장에 의한 성실신고 납세풍토 조성에 앞장섬으로써 국가 세정발전에 이바지하고

넷째, 젊은 직원들과 더불어 동고동락함으로써 즐거운 이웃을 만드니 마음이 젊어지고

다섯째, 늙어서까지 이 일을 할 수 있으니 자기 자신은 물론 가정에

보탬이 되어 좋을 것이다.

이처럼 투철한 직업관을 갖고 세무사 업에 임함으로써 돈을 벌기 위한 수단으로써 세무사보다는 업계나 사회 또는 국가발전에 이바지하며 결과적으로 행복한 삶을 영위하였다고 자부한다.

모든 국민이 각자의 위치에서 자기 직업에 의미를 부여하며 일을 하고 특히 정치인 등 우리나라 지도급 인사들이 그러한 생활 철학을 가지고 일한다면 조금 더 빨리 선진국에 들어설 것이다. 의미 있는 삶을 위하여 한 번쯤 자기 자신들을 뒤돌아 봐야 한다. 정치인은 권력 잡기에 앞서 국리민복을, 식품 제조업자는 돈도 좋지만, 국민건강을, 건설업자는 도시미관과 안전시공을 우선시하면 좋겠다.

이와 같이 모든 사람이 각자의 위치에서 의미 있는 일을 함으로써 밝은 사회가 이루어지기를 기대해 본다.

# 아세아 오세아니아 세무사협회(A.O.T.C.A)
## 사무총장 시절을 회상하며

A.O.T.C.A(Asia_Oceania Tax Consultants' Association)는 아세아 오세아니아 지역에 있는 국가들의 세무 관련 단체 모임으로 각국에서 한 개 또는 다수의 단체가 가입하여 14개국 19개 회원으로 구성되었다.

각국의 조세제도 및 세무행정에 대해 비교 분석 연구할 목적으로, 1990년 일본 세리사회가 제안하여 8개 회원국으로 창립된 이후 발전을 거듭하여 오늘에 이르렀다. 우리나라에서는 한국세무사회가 회원으로 가입하여 활동하던 중 2000년 11월 한국세무사회 구종태 회장이 AOTCA 회장이 되면서 내가 사무총장으로 임명되었다. 한국세무사회가 회장국이 되니 모든 협회 사무를 관장할 사무처도 한국에 있어야 하므로 담당 부회장인 내가 부득불 사무총장 역할을 맡게 되었다. 부담되고 어려운 자리였지만 담당 직원의 도움을 받아 차질 없이 임무를 수행하였다.

협회 임무 중 하나는 회원 확장이다. 아세아 오세아니아 지역 국가 중 세무사 제도를 갖고 있으면서 협회 활동이 정상적으로 이루어진 국가를 찾기 쉽지 않았다. 그중에서 가능성이 있는 국가가 중국이었다. 그 당시 중국은 경제 발전이 급속도로 이루어짐에 따라 조세제도가 발전하면서 납세자들의 권익을 대변할 자격사가 필요한 시기가 된 것이다. 또한, 지역 내 위치로 보더라도 중국의 가입은 AOTCA의 위상을 높여 미 가입 국가들의 참여를 촉진할 수 있음으로 회원국 모두의 관심 대상이었다.

중국은 당시 국세청에서 퇴직한 공무원이 세무사 역할을 하고 협회 회장도 국세청 차장을 정부에서 임명하여 중국 세무사협회를 운영하고 있었다. AOTCA에서 가입 대상 1호로 중국 문을 두드렸다. 중국의 반응은 뜨거웠다. 그러나 대만과 같은 자리에 앉아 회의할 수 없으니 대만을 축출하라는 조건이었다.

참으로 난감했다. 대만은 주요 창립회원국이었고 세무사 제도도 중국과 달리 완벽하게 정착되어 있어 받아들일 수 없는 조건이었다. 중국의 회원 가입을 꺼려하는 대만 입장에서 자기들을 국제무대에서 축출하라니 그 저항이 만만치 않았다. 심지어 대만 슈메이메이 회장 일행은 회의 도중 자리를 박차고 나가기까지 하였다.

처음에 중국은 총회 때마다 옵서버 자격으로 참석했는데, 하나의 중국을 주장하며 대만이 회원으로 있는 동안에는 외교부 승인이 나지 않는다며 대만의 축출을 끈질기게 요구했다. 반면에 대만에서는 국제기구인 WTO에서도 대만과 중국이 나란히 가입돼 있다며 부당함을 호소했다.

구 회장님의 외교 능력이 필요했다. 연구 끝에 국제올림픽위원회에서 사용하는 방식을 적용하기로 방침을 정하고 대한민국 팰레스호텔에서 2004년 봄 총회를 개최했다. 그 안건을 회의에 붙인 결과 대만 대표단은 퇴장하고 그 외 모든 회원국 만장일치로 통과되었다. 밀고 당기기를 수차례, 오랜 시간이 흐른 후에 절충점을 찾아 결국 가입시켰지만, 국가 간의 외교 문제가 중요함을 절감하였다.

절충점은 두 나라가 조금씩 양보하여 국제올림픽위원회에서 사용하는 방식을 적용하였다. 대만 세무사회의 명칭을 '중국 타이베이' 세무사협회로 바꾸고 중국내 대만지역을 대표하는 단체로 격하시킴으로써 대만은 약소국의 서러움을 참아야 했다.

절충점을 찾기 위해 수시로 두 나라를 방문했는데 중국에서는 국세청 2인자인 이영귀 회장이 중국 국무위원 전용 식당에 초대하여 최고급 요리로 접대했고, 대만을 방문했을 땐 수십 명 임원이 공항까지 환영 나와 최고급 식당에서 회의했던 기억이 생생하다. 그만큼 두 나라에는 외교적으로 큰 중대사였다.

사무총장 재임 기간 중 가장 기억에 남는 것은 2002년 교토총회에서 1,000여 명의 각국 세무사가 참석한 가운데 영어로 사회를 진행한 일이다. AOTCA 총회는 1년에 한 번 각국을 돌며 임원과 회원들이 모여 행사를 진행하는데 그 해 개최국인 일본 세리사회는 막대한 비용이 소요되는 행사임에도 성대한 축제 분위기의 총회를 제안하였다. 역내 모든 세무인들이 참여하는 매머드급 총회였다. 약 1,000여 명의 각국 세무인들이 모여 각종 심포지엄과 연구발표, 제도개선과 친교의 장소가 되었다.

회장국인 우리는 개최국인 일본과 함께 최초의 큰 행사가 성공하도록 면밀한 계획을 세웠다. 일본과 마찰 없이 모든 진행이 순조로웠으나 세미나 사회자를 놓고 이견이 발생했다. 회의 전체 진행은 회장국인 한국세무사회가 하는 것이 당연하나 사회자는 대규모 국제대회여서 영어로 진행해야 하므로 일본에서 맡겠다는 것이다.

나는 준비가 안 된 상태여서 양보할까도 생각했으나 회장님 및 담당 직원과 상의한 끝에 내가 맡기로 결정했다. 담당 직원의 도움으로 영문원고를 쓰고 외우느라 밤잠도 못 잤으나 우레와 같은 박수를 받으며 성공적인 진행을 한 것으로 충분히 보상받았다. 대회 개최자로서 결과에 만족했는지, 일본 모리회장은 정통 게이샤가 시중드는 최고급 요정으로 초대하였다. 짧은 영어 실력으로 어떻게 그 일을 해냈는지 지금 생각해도 믿을 수 없다. 국제무대라는 넓은 세상에 나가려면 그에 맞는 실력이 있어야 한다는 것을 절감했다. 임기 내내 내게 맞지 않는 옷을 입은 것 같아 불편했으나 열정과 집중으로 감당해냈다.

# 꿈이 있기에

사람은 꿈을 먹고 사는 존재다. 누구든 희망 없이 살아가는 것은 죽은 것 같고 살아도 살아있다는 실감을 느끼지 못한다. 이것저것 크고 작은 꿈들을 가꾸며 살아가고 있는 지금의 나는 분명히 생동감 있게 살아가는 존재라고 생각된다. 오늘은 내가 꿈꾸던 사무실 운영에 대해 회상해 본다.

개업 후 10년 동안 더 좋은 사무실을 만들기 위해 당장은 소득이 줄더라도 미래를 위한 투자를 하겠다는 계획으로 사람과 시설에 투자하였다. 그 결과 거래처도 많아졌고 직원 수도 늘었으며 수입도 계속 증가해 왔다.

그러나 1990년대에 들어와 세무사 업계의 주변 환경이 급변한 데다 세무사회 부회장직을 맡아 사무실 운영에 충분한 시간을 할애할 수 없어 활동력이 떨어지니 성장 속도가 눈에 띄게 줄었다. 그래서 구태의연한 방법으로는 현 상태 유지도 어려울 것 같아 꿈을 갖고 공격적인 방법을 선택하였다. 그 당시 상황에서 제자리걸음만 해도 다행이라 생각할 수 있겠지만, 더 좋은 사무실을 만들겠다는 꿈을 이루기 위한 구조개혁을 구상한 끝에 새로운 시스템인 세무법인으로 전환하는 계획을 세웠다.

그래서 수습이 끝난 신규 세무사 한 분을 전년도에 채용하고 다시 수습 교육을 수료한 세무사 한 분을 더 채용하게 되었다. 그 과정에서 직원들과 상당히 심한 마찰이 있어 계획을 연기할까도 생각해봤으나 결국 가야 할 길이라는 생각으로 직원들을 설득하여 뜻을 관철할 수 있었다.

직원들의 불만은 10여 년 근무한 여직원이 임신하여 부득이 사직하게 되자 그 후임은 경력 있는 여직원을 구해야 한다는 것이다. 필자의 방침대로 신규 세무사를 채용할 때 생길 수 있는 불편한 점을 제시하였다.

첫째, 관리자만 많아 자기들의 상전이 늘어나고 그 의견에 따르다 보면 심부름만 많아지게 된다.

둘째, 신규 세무사는 실무에 서툴러 그만둔 직원이 관리하던 거래처의 절반도 관리를 못 해 기존 직원들의 업무량만 늘어난다.

셋째, 고임금이 지급될 세무사 채용은 여직원 채용보다 수익성이 떨어져 결국은 기존 직원들의 봉급이 오르는 데 지장이 있다는 것이다.

들어내 놓고 말은 안 하지만, 나이 많은 직원들은 서른도 안 된 젊은 세무사한테 '세무사님'이란 호칭을 붙이기에는 자존심이 상한다는 이유도 있었다. 물론 직원들의 불만도 이유 있는 항변이나 대한민국 제일의 세무 법인을 만들려는 나의 꿈을 모르기 때문이다. 필자는 그 꿈을 열심히 설명하였다. 세무 고문이나 장부기장에 안주할 것이 아니라 종합 컨설팅 업무, ERP 컨설팅, 조세 소송, 중소기업의 회계감사 등 미래 세무사 업무 확장에 능동적으로 대처하기 위해서는 세무 법인화가 필요하다. 또한, 세무법인을 만들 바엔 대한민국 제일의 세무법인을 만들자고 설득했다. 세무 법인화가 되면 새로운 직원들이 필요하게 될 것이고, 기존 직원들은 자연히 승진하게 될 것이기 때문에 오히려 많은 이익이 보장되리라는 것을 인식시켜 주었다.

마침내 직원들이 이해하고 협조를 약속해주었다. 이러한 중대한 변화는 세무사란 직종의 특이성 때문에 임직원 모두의 동의 없이는 추진이 불가능한 일이다. 이제 꿈을 이루기 위한 인적 구성은 갖추어졌고, 수년 후면 그 평가가 나올 것이라고 믿었다.

2002년 월드컵 준결승 독일과의 경기에서, 스탠드를 꽉 메운 관중들이 만들어 낸 '꿈은 이루어진다'는 카드 섹션을 연상하며 꿈이 있기에 시작한 구조개혁은 나만의 꿈이 아니라 전 임직원의 꿈으로 인식될 때 추진력은 배가 되어 꿈이 실현될 것이라 믿었다. 그러나 방향 설정이 잘못되어 실패하고 지금은 '사랑나무' 재단 꿈에 매진하고 있으니 인생의 길은 알 수 없다. 한국 제일의 세무법인 꿈이 이루어졌어도 '사랑나무' 심을 생각을 했을까?

신만이 알 것이다.

## 잠깐만

'미라보 다리 아래 세느강은 흐르고
우리들의 사랑도 흐르네'

기욤 아폴리네르의 시구절,
그 다리가 어디 있는지
어떻게 생겼는지도 모르면서
상상 속의 다리를 걸으며
사랑을 꿈꾸던 시절,
참으로 먼 옛날의
기억을 되살리는 순간이다.
잠깐만!
여러분도 나와 함께
복잡한 일을 잠시 멈추고
시 한 구절을 생각하는
여유를 가지면 어떨까요?

# 잠깐만

얼마 전 친구 아들 결혼식에 참석하여 답례품을 받았다. 호기심이 발동하여 즉석에서 열어보니 혼주가 펴낸 시집이 나왔다. 옛날 교편 잡던 시절부터 인연이 계속된 사이로 현재는 서울 어느 초등학교에서 봉직하고 있는 친구였다. 신선한 충격을 받고 마치 독서광이나 된 것처럼 책을 펼쳤다. 곱게 단장된 시집 한 권, 단숨에 몇 편을 읽고 나니 그동안 책과 너무 떨어져 있었다는 것을 깨달았다.

일상 업무에 쫓겨 바쁘게 산다는 핑계로 TV나 신문 등 대중매체에 중독된 채 매일매일 같은 날이 반복되는 내게, 그 시집은 잠시 잊었던 문학에 대한 향수를 불러왔다. 청년 시절 학교 뒷동산에서 낭송하던 시와 인생을 고민하며 읽던 심각한 책이며, 고독 속에 혼자서 듣던 클래식 음악 등 이런 것들이 한꺼번에 생각났다.

'야! 이윤로, 너 뭐 하는 거야 여유를 가져 여유! 잠깐만 시간을 내서 시라도 한 수 읊어 보는 거야.'

내 가슴속 깊은 곳으로부터 외치는 소리를 느꼈다.

매일 끊임없이 세금 문제를 다루다 보니 돈과 연관되고, 일상 대하는 사람도 숫자와 결부된 경우가 많아서 마음이 삭막해 가는 것은 어쩔 수 없는 일이다. 더욱 요즘같이 경제적으로 어려운 시기에는 다른 사람들도 나와 마찬가지일 것이라고 스스로 위로해본다.

얼마 전 등산길에서 만난 중년 남자가 생각났다. 모그룹회사 중견 간부였는데 '임진강에서'라는 제목의 시를 낭송하고 있었다. 고향이 황해도 연백이라는 그는 문화센터에 다니는 자기 부인이 지어준 시라면서 망향의 상념에 젖어 그 시를 읊조리더니 나의 반응을 살폈다. "참 행복한 가정이네요."라는 말 외에 달리 생각나는 것이 없었다. 시를 지어주는 부인이 있어 바쁜 가운데도 그 시를 읊는 남편의 여유로움이 부러웠다. 참으로 그는 행복한 사람이라고 생각된다. 비록 나에게 시를 지어줄 사람은 없지만 젊은 시절 즐겨 읊었던 시 한 구절을 적어본다.

'미라보 다리 아래 세느강은 흐르고
 우리들의 사랑도 흐르네'

기욤 아폴리네르의 시구절, 그 다리가 어디 있는지 어떻게 생겼는지도 모르면서 상상 속의 다리를 걸으며 사랑을 꿈꾸던 시절, 참으로 먼 옛날의 기억을 되살리는 순간이다.

잠깐만! 여러분도 나와 함께 복잡한 일을 잠시 멈추고 시 한 구절을 생각하는 여유를 가지면 어떨까요?

# 봄비 예찬

봄비가 내리네
조용조용 속삭이듯 다가와
온 세상에 희망 주는 봄비
세상 감싸듯 부슬부슬 내리면
감추었던 내 마음 수줍게 여네

봄비가 내리네
만물을 춤추게 하는 봄비
새싹이 살며시 고개를 내밀면
개나리 진달래 다시 살아나
벚꽃처럼 화려한 내일을 기약하네

봄비가 내리네
목마른 농심에
사이다 같은 단비
찢어진 논밭 상처
의사 되어 치료하네

봄비가 내리네
잠에서 깨어난 정원에 생명수 내리면
어두운 과거 몰아내고
부활의 노래 불러오네


여름비는 홍수를 동반하여 피해를 주지만 봄비는 만물을 소생시키는 생명의 비다. 내가 소년 시절 농촌에는 관개시설이 없어 비가 오지 않으면 하늘만 쳐다볼 뿐이었다. 특히 못자리할 시기인 봄에 물이 없으면 온 동네가 비상이 걸렸다. 논 가운데 미리 파 놓은 샘에서 두레박을 이용해 물을 뿜어 올리는 고된 일을 한 경험이 있다. 오죽했으면 어린 나까지 동원되었을까, 그때의 봄비는 생사를 가르는 생명의 비였다.

가을비는 태풍을 몰고 와 마지막 남은 잎 새들에 일격을 가하지만, 봄비는 새로운 계절을 여는 희망의 비다. 우리 빌라 옆 아파트에 사는 젊은 변호사가 태풍에 넘어진 나무에 깔려 사망한 사건을 접하면서 태풍의 위력을 실감했다.

겨울비는 추적추적 을씨년스럽게 내려 가난한 사람에게 시름을 더하지만, 봄비는 땅속 어둠을 뚫고 새롭게 탄생하는 부활의 비다. 같은 비라도 계절에 따라 느낌이 다르다. 여름, 가을, 겨울비는 세 글자인데 봄비는 두 글자여서 친숙하고 동심이 살아난다. 소리 내어 불러보면 통통 튀는 듯하고 경쾌하다. 정감이 있다고 할까. 살갑게 미소 지으며 다가오는 님을 맞이하듯 뛰어나가 마중하고 싶다.

비가 내리네 봄비가 내리네.

# 해후

남한강 변에 있는 어느 휴양소에서 있었던 일이다. 강가 벤치에 앉아 흐르는 강물을 보며 상념에 잠긴다. 싱싱하게 뻗어있는 나무와 돌 조각. 그리고 조형물들이 강물과 조화를 이뤄 최고의 휴양지임을 나타낸다. 잔잔한 은빛 물결 위로 사뿐히 내려앉은 백로 한 쌍. 저들도 이곳 풍경에 젖어 데이트하러 온 것일까. 때마침 최성수의 '해후'라는 노래가 잔잔하게 울려 퍼져 그리움이란 바람을 전한다.

'어느새 바람 불어와 옷깃을 여미어 봐도, 그래도 슬픈 마음은 그대로인걸.'

내가 즐겨 부르던 노랫말이기 때문인지 마음은 벌써 먼 곳으로 달려가고 있었다. 먼 옛날 애틋하게 좋아하면서도 사랑한다는 말 한마디 못 했던 여인이 있었다. 그런데 우연히도 그곳에서 먼발치에 있는 그녀를 보았다. 정숙한 옷차림에 더욱더 우아한 모습으로 나타난 그 여인, 옆에는 품위 있어 보이는 남자와 함께 강가를 산책하고 있었다. 나는 반가워 한걸음에 달려가고 싶었으나 다시 주저앉아 지난날의 추억을 강물에 흘려보냈다.

'그대를 사랑하고도 마음을 비워 놓고도, 이별의 예감 때문에 그늘진 우리의 만남'

최성수의 노래는 계속되었다. 젊고 감수성이 예민하던 시절 윤심덕같이 죽음을 각오한 사랑은 아니지만, 사랑이라고 해도 좋을 만큼 애틋한 감정을 품었던 여인. 그러나 사랑의 고백도 못 해보고 시간은 흘러갔고 그날 분위기 좋은 그곳에서 단둘이 만났다면, 고즈넉한 창 넓은 찻집에서 마주 앉아 지난날에 품었던 마음을 전할 수 있으련만.

어쩌면 나 당신을 볼 수 없을 것 같아. 사랑해. 그 순간만은 진실이었어.

'해후'의 마지막 멜로디가 흐르고 있었다.
진실이었을까. 그때는 정말 진실로 좋아했다. 마치 열병을 앓는 것처럼……. 옛 영화처럼 한 장면씩 아련하게 떠오르는데 추억을 깨뜨리는 소리가 들린다.
"여보! 준비 다 되었어요, 빨리 오세요."
뒤를 돌아보니 아내가 손짓하고 있었다. 식사 준비를 마친 일행들이 있는 곳으로 발걸음을 옮기면서 최성수의 '해후'를 다시 한번 듣고 싶은 유혹을 지울 수 없었다.

# 삼 세

"먹세, 노세, 자세." 이것이 인생삼락이지.

어린 시절 시골 생활하면서 어른들에게 줄곧 듣던 말이다. 해방 후 삶이 팍팍하던 때 고된 노동 후 동동주 한 사발 들이키면 고된 시간은 스르르 저 건너로 사라진다. 그때 장구 치며 피리 불던 사람들에게서 흥에 겨워 저절로 나온 유행어였으리라.

십 년이면 강산이 변한다는데 수백 번도 변해버린 요즘에는 더 많은 낙이 있을 것이다. 그런데도 일반 대중의 평범한 욕구는 변함이 없다. 나도 먹는 즐거움, 노는 즐거움이 극에 달하면 가끔 이 삼세를 큰소리로 읊는다. 먹고살기가 얼마나 어려웠으면 삼 세 중 먹세를 맨 앞에 놓았을까?

그러나 모든 것이 풍부해진 오늘날에도 순서는 바꿔 부를 사람이 있을지라도 먹세는 여전히 인생삼락 중의 중요한 부분이 틀림없다. 나도 맛있는 음식이라면 먼 거리를 마다하지 않고 가격 불문 입에 즐거운 대가를 지불하기도 했다. 그러나 요즈음은 모든 음식을 가리지 않고 맛있게 먹으니 복 받은 인생이다. 팔 학년 노인들이 건강관리하느라 기피하는 돼지고기마저도 너무 좋아하니 말이다. 돼지고기 하면 어머니를 안타깝게 했던 일이 생각난다.

중학생 때 우리 집에 또래 학생 몇 명이 함께 기거하고 있었다. 밥 먹고 뒤돌아서면 금방 배고픈 소년들에게 영양 보충해 주려고 모처럼 큰맘 먹고 어려운 살림에도 돼지고기를 사 오셨다. 다른 아이들은 허겁지겁 삼키는데 나는 속이 느글거리며 토할 것 같아 입에 대지도 못했다. 사랑하는 아들은 먹지 않으니 얼마나 속이 상했을까. 지금 생각하면 죄송하기 그지없다.

그러나 그렇게 뱃속에서 받지 않던 돼지고기가 팔 학년인 지금은 매일 먹어도 질리지 않는 음식이 되고, 성인병 등 건강에 이상이 없으니 알 수 없는 일이다. 무슨 조화 인지 아직 까지는 건강하다. 그 이유 중 하나가 무엇이든 골고루 맛있게 먹는 식보가 아닌가 생각한다. 혹자는 한약과 건강기능 식품으로, 기름진 음식을 피하는 방법으로 안간힘을 쓰고 있지만 나는 그것들에 큰 관심을 두지 않는다. 우리 집 주방장이 마련한 메뉴에 만족하며 맛을 즐기고 감상하며 식생활을 한다.

옆 사람이 흥 돋우며 맛있게 먹으면 덩달아 맛이 절로 나기 때문에 식탁 교제는 음식 맛을 더욱 배가시킨다. 그러나 식사 속도가 느린 내 경우는 좀 다르다. 내 몫의 절반도 못 먹었는데 앞사람의 밥공기가 바닥을 드러내면 마음이 급해져 허겁지겁 먹게 되어 아무리 맛있는 요리라도 그 음식 맛이 반감될 때도 있다. 그래서 나는 혼밥을 즐기기도 한다. 넓은 창문을 사이에 두고 나지막한 소나무와 철쭉, 라일락 등을 바라보면서 우리 집 식탁에서 느리게 먹는 식사. 때로는 눈을 감고 천천히 입 운동으로 맛을 음미하는 즐거움. 혼밥만이 가질 수 있는 특권이다. 여기에 어릴 적 입맛 들인 홍어 한입에 막걸리 한잔 걸치면 먹는 즐거움은 한 단계 더 올라간다. 삼 세 중 먹세가 가장 앞에 놓이는 순간이다.

"노세 노세 젊어서 노세 늙어지면 못 노나니"

이 말도 어려서 듣던 노랫가락이다.

그런데 요즘 세상에는 늙어서 못 놀 일이 없다. 그만큼 좋은 세상이 된 것이다. 내 경우 노세 중 으뜸은 골프다. 18홀 도는 동안 맑은 공기 속에서 쓸데없는 잡담과 하찮은 실수에도 폭소가 터진다. 어느덧 18홀이 지나고 나면 심신을 풀어주는 사우나. 그리고 마지막 순서인 20홀째 시원한 생맥주 한잔. 이만하면 노세는 끝내주는 것이다.

청중들을 배꼽 빠지도록 웃겨놓고 "이제 자자"로 마지막 멘트 날렸던 코미디언 이주일 씨. 글쎄, 이 나이에 '자자'는 무슨 의미일까? 알 것도 같고, 모를 것도 같은 '자세'. 희미한 옛사랑의 그림자 '자세'~~

그 옛날의 삼세를 오늘의 삼세로 즐기면서 나는 행복감을 느낀다.

# 더 할 수 없는 기쁨

우리 일행이 월드컵 8강전(대 스페인전)을 응원한 곳은 도쿄 근교 하꼬네의 한적한 곳에 자리한 장급호텔(大仁호텔) 넓은 강당에서였다.

우리는 도쿄 중심가에 자리 잡은 히비야 공회당에서 한·일직능인 간 우의를 다지는 '한·일 직능인 대회'에 참가하여, 월드컵 성공개최를 기원하고 나아가 한·일간 새로운 미래를 다짐하였다. '한·일직능인 대회'는 한국과 일본의 직능인들이 각 2,002명씩 양국 4,004명이 모여 2002년 한·일 월드컵 공동 개최를 성공시키고, 서로 간 우의를 다짐하면서 한·일간의 새로운 미래를 개척하기 위해 결성되었다. 2001년 처음으로 서울 세종문화회관에서 일본 직능인 2,000명을 포함하여 4,000명의 직능인 대회가 있었고, 이번 우리들의 동경 방문은 그 답방의 형태였다. 대회가 끝난 후 그날 일정은 소그룹으로 나누어 유명한 관광지인 이즈반도를 관광하려는데 마침 한국과 스페인의 8강전이 있는 날이었다.

우리는 관광을 포기하고 축구 시합을 응원하기로 결정했고, 여행사 측에서는 예정에 없던 장소를 물색하느라 고생한 끝에 대인 호텔을 선택했다. 임시로 마련한 장소이기 때문에 화면이 선명하지 않지만, 대형 스크린 앞에서 환호와 갈채, 탄식과 흥분이 교차하는 가운데 전 후반이 끝나고 연장전까지 치르고도 0:0 무승부를 기록했다. 정말 피 말리는 순간순간이었다. 이번 월드컵 경기를 치르면서 우리 대표팀은 두 번이나 페널티킥을 실축했기에 승부차기까지 가면 왠지 불안했고, 그래서 연장전에서라도 골든골을 터뜨려 줄 것을 갈망했다. 그러나 게임은 마지막까지 우리들의 인내를 요구했다. 마치 승리의 기쁨을 배가시키려는 듯, 드디어 승부차기 순서가 되었다.

우리 팀의 황선홍이 먼저 키커로 나왔다. 가슴 조이는 순간순간이 계속되었다. 각 팀의 키커들이 3골씩 똑같이 성공시켰다. 모두 선명하지 않은 스크린에 두 눈을 고정한 채 두 주먹을 불끈 쥐어 가슴에 모았다.

스페인의 4번째 키커의 볼을 우리의 수문장 이운재가 보기 좋게 잡아내고, 한국 팀 주장 홍명보가 다섯 번째 골을 멋지게 성공시켜 우리 팀 모두가 100% 크린 숫을 이룬 것이다. 우리는 얼싸안고 덩실덩실 춤을 추었다. 남녀노소 구분 없이 모두 함께 얼싸안았다. 목이 터져라 "대~한민국"을 외쳤다.

아니! 이렇게 좋을 수가! 이렇게 좋을 수가!!! 너무 소란해 걱정되었는지 호텔 관계자들이 빼꼼히 문을 열고 구경하고 있었다. 우리는 아랑곳하지 않았다. 그럴 정신도 없었다. 오직 기쁨과 환희에 도취되어 있었다. 그리고 몇 시간이 흐른 것 같았다. 버스가 떠날 때는 호텔의 임직원 모두가 나와 우리를 환송해 주었다.

버스 안에서도, 숙소에 돌아와서도 그리고 다음 날 한국으로 돌아오는 비행기 안에서도 우리는 축구 이야기로 들떠 있었다. 4강전에서 독일을 물리치고 결승전에 오를 것을 대비해 요코하마에서 치르는 결승전 입장권 구입을 교섭하기로 결의했다. 이 글을 쓰는 이 순간에도 그때의 짜릿한 감동에 전율이 느껴진다. 평생 잊을 수 없는 '더 할 수 없는 기쁨', 벌써 몇 번째인가!! 월드컵 때마다 이 감격을 느낄 수 있기를!

# 김삿갓 여행의 재미

젊은 시절부터 가까이 지내는 네 부부가 있다. 출신학교는 다르지만 같은 해에 고등학교를 졸업하고 서울로 올라와 가정을 이룬 고향 친구들이다. 가끔 만나다 보니 음식이나 취미 성격이 비슷하여 더욱 가까워지게 되었고 허물없는 사이가 되었다. 남자 친구끼리 네 명이라도 사십여 년이란 긴 시간 함께 만나기는 어려운데 고향이 다른 또 다른 네 명까지 어울린다는 것은 쉽지 않은 일이다.

우리 여덟 명은 틈만 나면 찻집이나 맛집 또는 각자의 집에서 돌아가며 만나 직장 이야기며, 자녀 양육, 취미활동 같은 다양한 주제로 여러 이야기를 나누었다. 수시로 떠나는 여행도 그중 하나였다. 한 곳을 정해 2박 3일 정도로 흔히 갈 수 있는 여가생활을 즐겼다. 그런데 누군가가 한 곳만 정해서 가지 말고 발길 내키는 대로 산 따라 물 따라 김삿갓 흉내를 내보자고 했다. 기발한 아이디어였고 모두 박수치며 환호했다. 그렇게 해서 시작한 국내 여행은 거리로 따지면 전국 몇 바퀴를 돌만큼 방방곡곡을 누볐고 여행 가서도 흥미진진하게 보냈다.

운전자가 정해지면 두 대의 차에 앉고 싶은 자리를 찾아 앉았는데 내 옆에는 항상 여자들이 많았다. 비교적 안락한 차 분위기 영향도 있지만, 여복이 많은 때문일까? (ㅎ) 그들의 쉼 없는 수다에 시간 가는 줄도 모르고 운전하다 보면 어느새 쉬어 갈 곳에 도착하여 긴장을 풀고 커피와 맛있는 음식을 먹었다. 정해진 스케줄이 없는 까닭에 한참 노닐고 나서 또 다른 방향으로 향하는데 한번 결정되면 토를 달거나 이견을 말하는 사람이 없었다. 각자의 의견이 있을 수 있겠지만, 그만큼 모임을 소중히 생각했고 가이드를 믿었기 때문에 일심동체 되어 일사불란하게 움직였다.

운전하다 지치면 경치 좋은 곳에 차를 세우고, 먹고 싶은 음식 간판이 보이면 상의하여 정차하는 그야말로 산 따라 물 따라 흐르는 데로 가는 느긋한 여행이었다. 밤이 되면 잘 장소를 정해야 하는데 아무 데나 눈에 띄는 숙박 시설에 들어가 하룻밤을 보내는 식이었다. 큰 방 한 개를 빌려 8명이 함께 혼숙할 때면 웃다가 날 샐 정도로 재미있는 밤이었다. 방 한가운데 커튼을 치고 낄낄거리며 어느 한 사람이 진한 농담을 하면 방이 떠나갈 듯 폭소를 터트리는 진풍경, "참으로 별 손님 다 보겠네."라는 주인장의 푸념을 들을 만큼 독특한 여행이었다. 그렇게 되기까지는 8명 모두가 신뢰를 갖고 서로를 대했기 때문이리라.

어느 이름 모를 포구에서 싱싱한 회에 소주 몇 잔 걸치면 분위기가 무르익어 노래방을 찾았고 그곳에선 춤 파티가 벌어졌다.

한 번은 돌아오는 마지막 날을 도고온천에서 보내게 되었다. 그동안 쌓인 피로를 풀고 온천물로 지난 여행의 찌꺼기를 제거해 일상생활로 복귀하려는 속셈이었다. 저녁 식사 시간에 마신 술이 과했던가, 아니면 한여름 밤의 분위기에 취했던가, 우리는 온천지역 가운데를 흐르는 냇가 바닥에 앉아 합창을 시작했다. 여름 날씨라 바닥이 말라 돗자리를 깔자 바로 경연 무대가 되었다. 누가 먼저 시작했는지 알 수 없으나 '엄마 앞에서 짝짜꿍' 등 동요로부터 어린이 노래, 명곡, 샹송, 돌아가는 삼각지 등 유행가가 쉴 새 없이 이어졌다. 음정, 박자가 맞지 않아도 좋았다. 돼지 멱따는 소리라도 좋았다. 밤이 이슥하도록 도고온천이 떠나갈 만큼 큰소리를 질러댔다. 목이 아파 소리 지를 수 없을 때쯤 경연은 끝났다. 서너 시간 동안 누구 하나 참견하는 사람이 없었다. 지금 같으면 경찰서에 잡혀갔을 텐데……

여행하는 중 수많은 추억이 있지만, 그중에 오래 남는 한 장면이 생각난다. 영산강 연안 끝없이 펼쳐진 들판에서 참외 서리하며 옛이야기로 꽃 피운 장면, 덩그렇게 올라간 원두막에서 시원한 바람을 마주하며 달콤한 참외를 한 입 베어 무니 어린 날의 모습이 아른거렸다. 그러던 중 시원한 소나기가 세차게 지나가고 그 넓은 들판은 한없이 조용하더니 멀리 보이는 지평선에는 오색찬란한 무지개가 피었다. 다시 한 번 가서 느끼고 싶은 장면이다. 이제는 건강상 또는 다른 이유로 장거리 운전할 사람도 없는 상황 때문에 모임은 끝났다. 산 따라 물 따라 김삿갓 흉내 내며 여행하다 보니 세월은 흘러갔고 다시 돌아올 수 없는 소중한 추억만 남는다.

# 즐거운 오해

무더운 여름날 오후 등산로에서 생긴 일이다. 과천에서 관악산 연주암을 거쳐 사당역 쪽으로 하산하는 코스 중 마지막 단계인 사당역 부근 오솔길에서, 오해로 인하여 생긴 일로 박장대소했다.

무더운 날씨에 등산하느라 피곤하고 날 파리에 시달리던 우리 일행 앞에 젊고 활기찬 미군 병사가 "굿 애프터 눈"을 외치며 손을 흔들고 있었다. 웃음 띤 얼굴로 반대편에서 산을 오르고 있는 그가 반가워 나는 엉겁결에 급히 손을 흔들며 답례를 하고 "고맙습니다. 좋은 산행 하십시오."라고 말을 했는데 그는 벌써 저만치 올라가고 있었다. 피곤하던 차에 외국인으로부터 인사를 받고 보니 청량제처럼 즐거운 기분이 솟아났다. 그러자 몇 미터 앞에 가던 이화 아씨로 통하는 친구 부인이 뒤돌아서며 "저분이 상준 아빠한테 인사한 줄 아세요? 저한테 한 거예요, 오해 마세요." 하면서 깔깔대고 웃는다. 순식간에 우리 일행은 모두 걸음을 멈추고 내가 오해한 내용을 들었다.

여름이라 날벌레가 번성했는데 그곳은 유독 날 파리가 많았다. 아무리 좇아도 달려드는 벌레 때문에 신경이 곤두선 순간 그녀 주위를 맴도는 날파리를 잡으려고 휘두른 손놀림과 함께 "에이"란 말이 터져 나왔다. 그 소리와 손짓이 마치 미군 병사에게는 "하이!"라고 들려 자기에게 인사하는 것으로 오해하고 그녀에게 답례했는데 내가 착각했다는 것이다. 순식간에 그곳은 웃음바다가 되었다. 이화 아씨의 행동이 오해를 불러 미군 병사를 즐겁게 해 주었고, 그의 착각이 나의 기쁨이 되었으며 나의 오해가 심신이 피로해 짜증 나던 일행에게 웃음이란 청량제를 주었으니 이런 오해는 많을수록 좋을 것이다.

그러나 반대의 경우라면 생각만 해도 끔찍하다. 대치하고 있던 상대편을 오해하여 살인할 수도 있고 강대국 간에는 핵 단추를 잘못 눌러 전 세계가 불바다가 될 수 있다는 이야기도 들었다. 오해! 우리 생활 주변에서 얼마든지 있을 수 있는 상황이 아닌가. 우리 마음을 무겁게 하는 일들 특히 이해관계가 얽혀 있는 관계에서는 오해가 무서운 파괴력으로 돌변할 수 있다. 상대방을 이해하고 포용하려는 넓은 마음이 가득 찬 세상, 즐거운 오해만 있는 세상은 없을까.

# 운명적 선택

요즘처럼 교통지옥에 살다 보면 운전할 때 목적지는 한 곳인데 여러 갈래 길에서 선택은 운전자의 몫이다. 산업도로냐 고속도로냐, 한남대교를 건너느냐 반포대교로 갈 것이냐, 어느 쪽을 선택하느냐에 따라 시간을 허비하고 마음고생하는 경우가 많기 때문이다. 이럴 때면 생각나는 뉴스가 있다.

삼풍백화점 붕괴사건에서 생과 사를 달리한 두 친구. 한 친구는 백화점 지하 커피숍에서 만날 약속하고 가던 중 차가 막혀 약속 시간에 1분 늦어 화를 면했고, 그 옆집 부인은 어려운 상황에서 고생하다 남편이 주식으로 큰돈 벌어 변두리에서 삼풍아파트로 이사 오고 백화점 쇼핑몰에서 압사해 세상을 떠났다. 앞의 친구가 차가 막히지 않는 도로를 이용했더라면…. 옆집 부인이 삼풍아파트로 이사하지 않았다면….

그들의 생과 사가 피할 수 없는 운명 같다는 생각이다.

필자의 경우도 사는 동안 많은 우여곡절이 있었다. 공무원 시험에 응시하기 위해 원서접수하러 갔다가 응시자 중에 세무직이 좋다고 수군대는 소리를 듣고 행정직에 응시하려는 계획을 바꿔 세무직을 응시한 것이 결국 현재의 세무사가 된 것을 생각하면, 무언가 보이지 않는 손에 의하여 운명이 결정되는 순간이었던 것 같다.

수많은 갈림길에서 자동차 운전처럼 좌·우회전과 직진을 하면서 오늘에 도달한 지난날을 회고해 보면, 즐거웠던 시간과 고통스러웠던 시간, 불행한 사람과의 만남과 행복한 사람과 만남 등 모든 고비마다 결정적인 선택을 했으며, 그러한 선택을 할 수밖에 없었던 상황. 이 또한 신의 뜻으로 볼 수밖에 없지 않을까. 모든 것이 그렇게 운명적으로 결정된다면 노력할 필요도 없는 것이 아니겠냐고 반문할지 모르지만, 노력하느냐 않느냐의 문제가 우리 마음대로 되지 않고 어떤 결심도 우리의 의지대로 되지 않는 경우를 많이 본다.

어느 순간 주차장을 방불케 하는 교통 혼잡을 만나면 직진을 선택하지 않았다고 후회를 하거나 교통행정에 대한 불만을 토해봐야 백해무익할 뿐이다. 차 안에서 넉넉한 마음으로 즐거운 음악이나 들으며 기다릴 수밖에 없지 않겠는가.

중요한 인생의 갈림길에서 잘못된 선택으로 가산을 탕진하거나 명예를 더럽히고 우울한 인생을 살다가 처절하게 인생을 마감한 유명 인사들을 많이 본다. 그들 중 일부이긴 하지만 "내가 다시 그 갈림길에 섰어도 똑같은 선택을 할 수밖에 없었을 것이다"라는 후일담을 들으며 인생의 길목에 어떤 운명의 그림자를 보는 느낌이 든다.

# 참 행복의 모습

　우리 집 직계 가족은 14명이다. 모두 건강하고 서로 사랑하며 각자가 하고 싶은 일 하면서 무탈하게 살고 있다. 지금은 사위가 유엔대표부에 근무함으로 막내딸 가족 4명이 뉴욕에 살고 있지만, 국내 근무할 때는 14명이 모두 모여 식사하고 대화할 수 있어 정말 부자 된 느낌이다. 정신적인 충만감이랄까.

　또한, 전 가족이 함께 국내 여행이나 해외여행도 몇 차례 하였다. 외식이나 여행은 가족 모두의 건강이 전제된다. 그런데 건강 축복의 이면에는 우리 집 주방장 역할이 중요하다. 음식 메뉴나 식사 시간 등 식습관이 어떤 방향이냐에 따라, 온 가족의 행, 불행이 나뉘는 경우를 종종 본다. 그런 면에서 보면 우리 가족은 모두 건강하니 다행이다. 만약 14명 중 어느 하나라도 건강에 이상이 생기면 모두 같이 아프기 때문이다. 그래서 나는 나 자신뿐 아니라 우리 가족을 위해서라도 건강에 신경을 많이 쓴다. 특히 80이 넘고부터는 잠자리에 들면서 기도를 한다. 하루의 무사함을 감사하면서 "고통받지 않고 잠자듯이 데려가 주십시오. 자손들에게 짐이 되지 않게 해 주세요."라고.

　그러나 기도만 한다고 될 일인가 내가 노력을 해야 한다. 내가 노력하는 여러 가지 방법 중 탄천 걷기가 있다. 겨울의 끝자락에 봄이 성큼

다가온 탓인지 따스한 햇볕에 상큼한 바람, 적당한 온도 등 바깥나들이에는 최상의 조건이다. 나는 만남 그 자체로 기분 좋은 친구와 함께 탄천을 걷기로 했다. 얼마쯤 걷다 보니 다리가 뻐근해 쉬어 가기로 하고 의자에 앉았다. 탄천 변에는 인산인해, 말 그대로 명동거리 같았다. 젊었을 때 명동 근처에서 근무한 적이 있었는데 그때 인상이 머리에 박혀 사람이 많이 모이면 명동거리가 연상된다.

그런데 친구가 그 많은 사람을 보면서 흥미로운 제안을 하였다. 걷고 있는 사람들이 모두 무슨 목적으로 무슨 생각을 하면서 걷고 있겠느냐는 것이다. 참 재미있는 소재였다. 우리 앞을 지나는 한 사람 한 무리를 놓고 각자 소설을 쓰기로 했다.

"저기 지팡이를 짚고 절뚝거리며 걷는 노인은 ~"하고 친구가 말을 꺼냈다.

"글쎄, 갈 날도 멀지 않은 것 같은데 삶에 대한 애착이겠지."

"그러면 양팔을 크게 흔들며 빨리 걷는 청년은?"하고 내가 물었다.

"취직시험에 낙방하고 다시 도전하려면 건강미라도 있어야 하지 않겠나. 그래서 옆도 보지 않고 이를 악물고 차기 시험을 계획하고 있구먼."

무수한 사람이 오가는 중에 손을 꽉 잡고 걷는 한 쌍. 이를 두고 부부냐 애인이냐로 설왕설래했다.

"부부라면 신뢰의 표시 정도로 느슨한 손 잡기 정도일 텐데 애인이 분명해."

"아무 말 없이 걷는 걸 보면 부부 아닐까."

"아니지 일부러 부부인척 해 보일 수도 있어. 특히 유부남 유부녀인 경우는 더 그렇지.” 이쯤 되면 소설로 접어든다. 우리는 같이 마주 보며 웃었다.

도무지 결론이 나지 않는 알쏭달쏭한 상황. 다음 사람으로 우리 대화는 넘어갔다. 어린 학생이 자전거를 타다가 넘어졌다. 자연스레 자전거를 처음 탔던 때가 생각났다. 반남국민학교 교사 시절 하숙집 주인 자전거를 빌려 타다가 넘어져 상처만 남긴 씁쓸한 추억이 떠올랐다.

인파는 끝없이 이어지는데 맹인의 팔을 붙들고 씩씩하게 걷는 노파가 있었다. 탄천에서 자주 만나는 할머니였다. 그 할머니에 시선이 머물자 친구는 부부로 나는 모자로 의견이 갈렸다. 겉모습만 보면 엇비슷했으나 인상이 닮았기에 나는 모자로 단정했다. 아무튼, 할머니는 부부처럼 보이는 맹인 때문에 건강을 유지한 게 분명하다. 매일같이 빠른 걸음으로 동행하다 보면 아플 겨를이 없을 것이다. 남을 위함이 나를 건강하게 하는 이치. 새삼스레 깨달음을 준 광경이다.

이외의 다른 사람들도 각자의 삶을 각기 다른 방향으로 열심히 살고 있지 않을까. 만약 이 모두가 같은 생각, 같은 방향으로만 움직인다면 이 세상은 멸망할지도 모른다. 이런저런 생각으로 여러 군상의 속마음을 상상하다가 한심하다는 생각이 들었다. 우리 무슨 헛소리 하고 있나 하며 함께 박장대소했다.

그렇게 허망한 소설을 쓰느라 옛이야기 하랴 시간 가는 줄도 모르고 마냥 시간이 흘러갔다. 좋아하는 친구와 함께 있는 즐거운 시간이 끝나지 않았으면… 이런 친구가 옆에 있다는 것이 소박한 행복이리라.

그러나 이러한 행복도 영원할 수 없는 것. 각자 돌아갈 곳이 있고 그

곳에는 또 다른 기다림이 있다. 돼지고기 김치찌개에 막걸리 한 사발 준비하고 귀가하기를 기다려 주는 가정이 있다는 것, 이것 또한 행복이리라.

# 신선한 충격

관광 마지막 날,
내일이면 덴마크로 일주일간 여름휴가를 떠난다면서
다시 이 땅을 밟을 기회가 있을 때
자기를 찾아주면
훨씬 더 좋은 서비스를 하겠노라고 내미는
그의 명함 한 장.
관광국 노르웨이의 첨병인 양
좋은 인상 심기에만
정열을 쏟는 버스 운전기사, 스테이나의 모습에서
노르웨이를 사랑하는
마음을 읽을 수 있었다.

# 국회의사당의 참모습

한강 변 좋은 위치에 우람한 자태를 뽐내는 건축물, 여의도를 한눈으로 내려다보며 권위를 자랑하듯 웅장한 건물인 우리나라 국회 의사당. 그런데 그 안에서 일어난 일들은 무엇인가 아쉬움이 남는다.

유럽의 건축물 중에서 눈에 띄는 것은 대부분의 건물에 조각품이 설치돼있어 아름답고 품위가 있다. 건축술 발달과 함께 조각 예술이 발달하여 관공서는 물론 사무실, 주택 할 것 없이 모든 건물마다 조각 작품이 함께 있어 건물의 의미와 가치를 높여준다. 세무사고시회 일원으로 유럽에 갔을 때 그 많은 조각 작품 중에서 예술적인 가치를 넘어 신선한 의미를 던져준 조각 작품을 접할 수 있었다.

덴마크 코펜하겐 국회 의사당 정문에 새겨져 있는 4개의 조각품이다. 이들 조각품은 정문을 가운데 두고 좌우 양쪽으로 2개씩 이통(耳痛), 두통, 안통, 복통을 앓고 있는 모습을 보여준 '4가지 고통'이란 작품이다. 국회의원들이 소중한 국사를 논할 때 고통받는 국민을 항상 생각하며 귀로 경청하고, 머리가 아플 정도로 국민을 위해 고민하고, 민심을 잘 살펴보고, 숙고하여 결정하라는 의미라고 나름 생각했다.

이 조각품은 예술적 가치보다, 국회의원들이 상시 출입하는 정문에 고통을 느끼는 조각을 부착해 놓았다는 점에서 신선한 충격과 함께 여러 가지 뜻을 전해준다. 교회를 열심히 나가 기도하는 신자가 신앙심이 깊어지고, 절을 가까이하는 불자가 불심을 얻듯, 국회의원들이 들고날 때마다 통증을 앓고 있는 4개의 조각 작품을 대하면 그들의 마음이 새로운 각오로 무장될 것 같았다.

그들 조각 작품을 접하면서 여러 가지 생각을 하게 됐다. 우리나라 국회 의사당에도 이와 유사한 뜻의 조형물을 설치하든가, 다른 방법으로 참다운 국민의 대변인이 되도록 격려할 길은 없을까. 소박한 국민의 희로애락을 같이 느끼고 그들의 고통이나 소망을 해결하는 선량들이 많이 배출되기를 기대하는 마음으로 한참 동안이나 그곳 정문 앞에 서 있었다. 웅장하고 우람하기만 한 우리나라 국회 의사당을 떠올리면서 너무 큰 무게에 짓눌리는 것 같은 느낌을 지울 수 없다. 어느 국회의원은 의사당 돔 위에 금칠을 제안한 적도 있었다니….

요즈음 자기를 선출해 준 지역구민이나, 국민 전체의 아픔과 함께하려는 선량들이 늘어나는 것을 본다. 그러한 선량들이 더욱 많이 배출되도록 용기를 북돋워 주고 이끌어주며 그렇지 못한 분들을 도태시키는 책임이 최고 통치권자와 함께 우리 보통 사람의 몫이 아니겠는가?

이통(耳痛), 두통, 안통, 복통을 앓는 심정으로 국민과 고통을 함께 나누는 우리 국회의 모습을 그리면서 덴마크 국회 의사당 정문의 조각상들을 다시 떠올려 본다.

# 신선한 충격

우리가 노르웨이에 도착하자 훤칠한 키에 백발이 성성한 미남형 운전기사를 만났다. 여행의 성패는 현지 가이드와 운전기사로부터 영향을 받기 때문에 그들이 바뀔 때마다 관심의 대상이 된다. 3박 4일 노르웨이 일정은 기대를 하고 왔던 곳이기에 더욱더 가이드가 궁금했다. 가이드는 한국 이민자로 현지인과 결혼한 유부녀였는데, 그녀는 우리의 기대에 어긋났다. 올이라는 조그만 도시의 호텔에 여장을 풀고 저녁 식사 시간인데도 아예 모습을 나타내지 않았다.

그 호텔 식당 종업원은 한 명이 서브를 하고 있었는데 갑자기 많은 인원이 몰려들자 어쩔 줄 몰라 했다. 우리를 태우고 온 백발의 운전기사는 벌떡 일어나 웨이터 역할을 하였다. 항상 웃음을 잃지 않고 넉넉함을 보이는 그는 주인처럼 정성을 다하여 음식을 날랐다. 항상 남보다 먼저 짐을 챙기고 가방을 나르던 것처럼 그날도 음식을 나르고 빈 그릇을 치웠다. 육십이 가까워 보이는 나이에 웃음 띤 표정으로 궂은 일에 속한 일을 자랑스럽게 수행하다니⋯⋯. 퍽 인상적인 사람이었다. 그런데 더욱더 놀란 것은 그가 바로 이 나라 수상의 처남이라고 소개할 때였다. 자기 여동생이 이 나라 수상의 부인이라는 것이었다.

우리나라 같으면 재벌그룹에서 모셔가려고 경쟁이 붙었을 것이고, 최소한 자기가 근무하는 회사의 사장이나 고문 정도 되어 눈짓 하나로 모든 일을 처리했을 텐데 궂은일을 자청해서 하다니…. 우리나라와는 너무 차이가 났다. 선진국이 되려면 누구를 탓하기 전에 모든 국민이 적어도 이 정도의 의식 수준이 되어야 할 것 같았다. 그 당시 한국에서는 김 대통령 아들 사건으로 온 나라가 떠들썩하고, 차기 대통령 후보 경쟁으로 연일 신문 지면이 어지러울 때였다. 앞으로 당선될 우리나라 대통령도 그 기사처럼 권력이나 금욕, 명예욕에 초연한 친인척 풍토를 만들 수 있을까? 어떻게 무엇을 바꾸면 될까. 오래 생각했다.

관광 마지막 날, 내일이면 덴마크로 일주일간 여름휴가를 떠난다면서 다시 이 땅을 밟을 기회가 있을 때 자기를 찾아주면 훨씬 더 좋은 서비스를 하겠노라고 내미는 그의 명함 한 장. 관광국 노르웨이의 첨병인 양 좋은 인상 심기에만 정열을 쏟는 버스 운전기사, 스테이나의 모습에서 노르웨이를 사랑하는 마음을 읽을 수 있었다.

우리나라 대통령의 아들이나 처남이 애국심을 갖고 궂은일, 힘든 일을 자청할 날을 기다리면서 신선한 충격을 준 그의 얼굴을 떠올린다.

# 새로 시작하는 마음

여기저기서 신음하는 소리가 들린다. 멀리, 가까이서 원망하는 소리도 들린다. 원한의 눈초리로 질책하는 모습도 보인다. 위, 아래에서 조여 오는 아픔을 느낀다. 지옥 같은 괴로움에서 벗어나고픈 몸부림도 쳐본다. 어떤 나쁜 짓을 해서라도 위기를 탈출하고픈 욕망까지 느낀다. 좌절하여 주저앉고 병에 걸리거나 자살까지 하는 경우도 본다. 이 참담한 현실. 나를 비롯해 우리 이웃들이, 특히 사업하는 사람이라면 더욱더 절실하게 당하고 있는 고통의 현장이다. 혹독한 IMF 시대! 후세에서 오늘을 사는 우리 시대를 이렇게 부를 것이다. 경제 식민통치라느니 한일합방보다 더한 경제 국치라느니 울분에 찬 말들도 많다.

그러나 새해 아침에 지난날을 반성해 보면 모두가 내 탓인 것을 알게 되었다. 분에 넘치는 소비, 끝없는 허영, 자기 그릇에 넘치는 명예욕, 자제를 잃은 생활방식, 모든 것이 오늘의 시대를 만든 원인인 것을 알게 되었다. 수많은 경제전문가와 지도자가 있었건만, 깨우쳐 주는 자가 없었고 간혹 우리의 장래를 걱정하는 사람이 있었으나, 낙관론에 묻혀 선각자의 깨우침에 두 귀를 닫았다. 오히려 경쟁적으로 낙관론을 부채질한 경우가 많았다. 이성과 판단을 잃은 것이다.

지금 생각하면 북한 동포들의 식량 사정이 극에 달했던 작년 초, 설교 중에 하신 목사님의 말씀이 뇌리에 메아리친다. "같은 민족으로서 한쪽에서는 굶어 죽어가는 사람이 부지기수인데 한쪽에서는 음식물이나 옷가지가 남아 쓰레기통이 넘치게 버리고도 복 받을 수 있을 것 같으냐?" 북한 동포들에게 온정 베풀기를 독려하는 말씀이지만, 허영을 배제하고 근검절약을 강조하시던 말씀이 신의 마지막 경고 같았던 생각이 든다.

그때만이라도 심각한 경제 현상을 똑바로 직시하고 구조조정을 단행했더라면 오늘과 같은 사태는 막았을 것이다. 그러나 국민 모두는 정신을 못 차렸고 정부는 무능해서 국민을 쇠락의 길로 인도하고 말았다. 그래도 신은 우리 민족에게 회개의 기회를 준 것 같다. 완전히 무너져 재기불능이 되기 전에 썩은 정신을 도려낼 시간과 지도자를 보내준 것이다.

상처가 너무 커서 고난이 따르겠지만 뒤로 물러설 자리가 없다. 누구 탓만 하고 있기에는 너무 시간이 촉박하고 중요하다. 물론 국민 여론을 선도해야 할 정부 지도자나 언론의 책임이 더 크겠지만, 우리 국민 모두의 반성도 뒤따라야 할 것 같다. 앞으로 우리는 70년대로 후퇴해서 살아야 할 것이라고 한다. 원래 빈손으로 왔으니 다시 시작한다고 생각하면 마음이 조금은 편안할 것이지만, 갑자기 너무 큰 시차를 겪으니 당황할 수밖에 없다.

그러나 희망은 있다. 우리는 더 어려운 시대에도 잘 견디어 왔다. 과소비와 비능률과 허례허식을 물리치고 앞만 보고 매진한다면 비 온 후에 땅이 굳듯 튼튼한 경제 기반을 구축할 것이다. 6·25 전쟁의 폐허 위에 찬란한 경제 기적을 이룩한 국민의 저력이 있기 때문이다. 다른 사람을 탓하기 전, 나부터라도 새로 시작하는 마음을 가다듬어야겠다.

# 소 떼 행진

'이 몸이 죽어서 무엇이 될고 하니/ 서산 농장에 송아지로 태어나서/ 꿈에도 목메이던 고향 찾아 나서리.'

정주영 회장이 이끄는 소 떼가 판문점 넘는 것을 보고 고향이 북한인 실향민이 정몽주의 시를 모방하여 부른 노래다. 고향에 대한 그리움이 얼마나 사무쳤으면 소라도 되기를 원했겠는가, 언제라도 고향에 갈 수 있는 우리는 고향에 대한 그리움이 그처럼 간절하지는 않다. 오히려 어느 때는 고향에 갔다 실망하고 오는 날도 있다. 교통 체증으로 짜증이 난다든지, 또는 반가운 사람이 떠난 빈자리가 쓸쓸하거나 때로는 가슴 아픈 사연만 듣게 되는 경우가 그렇다.

그러나 반세기가 넘도록 꿈속에만 그리던 사람들을 두고 온 북한 실향민들의 마음을 어떻게 짐작할 수 있겠는가. 더욱이 강제적인 철책선에 의하여 왕래가 차단되었기 때문에 그 소망은 더욱 절실할 것이다. 50여 년이 다 되도록 부모, 형제 생사조차 모르게 만들었으니 남북 정치지도자들의 죄가 크다고 생각된다. 만시지탄이나 요즘 지도자들이 '바람과 해'의 이솝우화를 예로 들며 햇볕의 열기로 북한의 얼어붙은 마음을 녹이겠다고 한 것은 무척 신선하게 들렸다.

그런 맥락에서 이번 정주영 회장은 많은 물자를 가지고 북한의 문을 두드렸다. 소 떼가 판문점을 넘는 광경은 장관을 이루었고 이번 아이디어를 낸 정 회장은 생의 마지막을 멋있게 장식한 역사의 인물이 될 것이다. "한 마리 소가 1,000마리 되어 어릴 적 빚 갚으러 꿈에 그리던 고향 산천을 찾아간다"라고 말하면서 1차로 500마리 소를 50대 트럭에 나눠 싣고 떠나는 광경은 온 세계 뉴스를 도배하였다. 외신에서도 크게 보도된 이 사건은 미래학자이자 문명비평가인 기 소르망이 '20세기 최후의 전위예술'이라 표현하였다.

또한, 종교계에서는 아사 직전에 있는 북한 동포들을 돕기 위하여 성금을 모금했다. 이 모든 일이 굳게 걸어 잠근 북한의 철문을 조금씩 여는 계기가 되어 우리 민족이 하나 되는 날이 오기를 기대한다. 힘 있고 부유한 측이 사랑을 베풀어야 하지만, 이러한 모든 도움은 북한을 자극하지 않게 이루어져야 할 것이다. 경제적으로 어려움에 처한 사람일수록 자존심은 살아있는 법이다. 북한의 자존심은 세계에서도 유별나다. 그들의 자존심을 상하지 않게 조심조심, 태양이 얼음을 녹이듯 그들의 철문을 뜨거운 열기로 녹이면 머지않아 화해의 날이 오리라.

나도 그 열기에 조그만 보탬이 되도록 북한 동포 돕기 송금계좌를 찾아봐야겠다. 통일 후 그때 너는 무얼 했느냐고 묻는다면 대답할 말은 있어야 하지 않겠는가, 수년 전부터 북한 동포 돕기 운동을 전개하고 있는 목사님의 말씀을 다시 한번 상기해 본다.

"북한을 도우려거든 조건을 붙이지 말고 자존심 건드리지 말고 생색내지 말고 사랑으로 무조건 주어라." 정주영의 소 떼처럼…

# '님' 자가 그리워

분당에서 살다 보니 가끔 버스로 출근하는 경우가 있다. 술을 마신다든가 이러저러한 이유로 차를 두고 온 탓이다. 그날도 거래처 사장님을 만날 약속이 있는데 차가 없어 서둘러 직행버스를 탔다.

직행버스다 보니 거치는 데가 적어 빨라서 좋았다. 그러나 그날은 너무 빨리 달려서 탈이 났다. 무엇에 쫓기는지 신호등을 안 지키는 것은 다반사고 무리한 추월을 계속했다. 그러자 중간쯤에 앉았던 젊은이가 소리를 질렀다. "기사님 조금 천천히 갑시다." 그러나 기사는 달리기를 계속했다. 그러던 중 커브 길에서 속도를 줄이지 않아 몸이 좌우로 쏠리는 일이 벌어졌다. 차내에서 놀란 승객들의 비명이 여기저기서 들렸다. 조금 전의 그 젊은이가 다시 소리 질렀다. "이봐 기사, 속도를 줄이자고!" 날카로운 경고의 목소리였다.

그러나 기사는 막무가내였다. 그럴 즈음 또 하나의 사건이 발생했다. 옆 차선을 달리던 승용차가 버스 앞으로 나타나 추월을 감행했다. 그러자 버스와 승용차는 죽기 살기로 경쟁을 하는 것이다. 차내에 위기감이 팽배해지면서 술렁이기 시작했다. 여기저기서 한마디 하고 싶은 충동을 억제해왔던 사람들이 자제력의 한계를 넘는 순간이었다. 누군가가 소리쳤다. "야! 이 새끼야, 차 멈춰." 그러자 모두가 한 마디씩 거들었다. 여기저기서 기사를 성토했다.

그때야 버스는 정상으로 움직였다. 이 소동을 겪고 난 내 기분은 아침부터 영 엉망이 되었다. 놀라서 흥분하고 기사를 비난한 마음이 편할 수 있나, 나뿐 아니라 차내의 모든 승객이 그랬으리라.

이 사건은 나에게 많은 생각을 하게 했다. 좋은 말로 '님' 자를 붙여 충고할 때 기사'님'의 위치를 지켰더라면 얼마나 좋았을까? 먼 거리를 적은 비용으로 안전하게 출근시켜주는 고마운 '기사님'으로 남았더라면. 그러나 그는 나에게서 감사할 마음을 뺏어버리고 흥분과 원망과 비난으로 가득 찬 하루를 출발하게 했다. 이와 같은 일은 비단 버스 기사에게만 해당하는 것이 아니라 사회 각 분야에 걸쳐 일상생활에서 흔히 접하게 된다.

사회 구성원 모두가 정상 속도를 유지하고 질서를 지킨다면 얼마나 좋을까 하고 생각해 본다. 특히 국민을 대표한 의원 등 정치가, 세무사, 변호사, 공인회계사 같은 전문 자격사, 공무원 등 대민 관계자가 '님' 자로 호칭을 받지 못할 때 우리 사회에 미치는 영향은 크다.

책임 맡은 공인들이 각자의 자리에서 맡은 임무를 성심성의껏 수행하고 국민도 그 자리에 맞게 예우하면 지금보다도 훨씬 더 명랑하고 즐거운 사회가 될 것이기 때문이다.

각자 자신의 자리에서 마음의 속도계를 지켜야 한다. '님' 자가 그리운 사회다. 나도 세무사님의 '님' 자를 놓치지 않도록 꼭 붙들어야겠다고 다짐해 본다.

# 돌아오라 '오블리제(Oblige)'여

    미국 엘 고어 부통령은 하버드를 우등으로 졸업했고 명문의 집안에서 풍족하게 자랐다. 베트남 전쟁 당시 전쟁에 반대하면서도 징집에 응했고 월남에 파병되었다. 7선 하원의원과 3선 상원의원을 역임하고 대통령 선거에서 승리했으나, 선거인단 투표에서 패배하여 안타까운 마음으로 대법원의 권위를 존중했다.

    소설에서는 『바람과 함께 사라지다』의 애슐리 윌크스라든지 『닥터 지바고』의 유리 지바고 같은 서양의 노블리스(Noblesse) 들이 나라가 위태로울 때 자원입대하여 죽음을 무릅쓰고 최 일선 전투에 참전했다.

    그런 환경에서 만약 내가 그들이라면 생명을 던지며 국가를 위해 헌신할 수 있을 것인가 자문자답하곤 한다. 또한, 그곳에서는 탈세로 납세의무를 저버린 사실이 알려지면 명성이 높은 저명인사나 권력을 가진 자라 해도 그 사회에서 매장되어 다시 재기하지 못하는 것으로 알고 있다.

    이러한 현상이 그들 사회에 일반화된 상식처럼 된 이면에는 '노블리스 오블리제'의 정신이 사회 근간을 형성하고 있기 때문이다. 초기 로마 시대에 왕과 귀족들이 보여준 투철한 도덕의식과 솔선수범하는 공공정신에서 비롯된 이 말은 프랑스혁명을 거치면서 유럽 사회에 일반화되었다. 상류계층의 귀족들이 그들의 의무를 다함으로써 자신들의 신분에 맞는 권한과 책임을 갖고 그 사회를 버티어 주고 있어 사회적 규범과 도덕적 생활 등 모든 질서가 유지된다고 믿고 있다. 자유와 권리에는 반드시 그에 따른 의무를 진다는 의식이 서구사회를 지킨 힘 중의 하나이다.

우리나라의 경우 흔하게 뉴스에 등장하는 병역 비리와 탈세자 명단에 사회지도층들이 다수 포함된 이유는 노블리스로 행세하면서 오블리제가 없기 때문이다. 그런데 그 사람들이 오히려 큰소리치고 있다. 그들이 특권을 누리며 여러 사람 위에 군림할 수 있는 것은 그들을 옹호하고 같은 생각을 공유하는 부류가 많다는 것을 의미한다. 그러나 분명한 것은 우리나라가 선진화되기 위해서는 노블리스들이 변해야 한다.

30여 년 전 이야기지만 당시 우리가 살던 대치동에서는 내 아들처럼 군대 간 아이들을 '어둠의 자식'이라고 불렀다. 부유층이 많아서인지 병무 행정에 구멍이 있었는지 모르지만, 누구누구 이름을 대면서 아들의 문제로 고민하는 아내의 마음에 나도 잠깐 흔들리기도 했다. 우리도 누군가 한 것처럼 해결할 재력도 있었고 줄도 댈 수 있었으나 단호히 거부했고 아내도 흔쾌히 나와 의견을 같이했다. 그런데 그 후 어느 날 논산훈련소에서 날라 온 큰아들의 편지를 보면서 땅이 꺼져라, 한숨 쉬며 펑펑 울던 아내를 따라 뒤돌아서 눈물을 감췄던 기억이 새롭다. 힘겨운 군대 생활 외에 '어둠의 자식'이란 억울함도 함께 묻어 있을 것 같은 아들에게, 권세 있는 자들이 건강한 젊은이들에게 준 마음의 상처를 우리마저 줄 수 없어 내 군대 경험을 들려주며 엄한 내용으로 답신했던 기억이 생생하다.

중국소설 삼국지를 읽다 보면 과거 세상은 힘센 장수들의 싸움터라는 생각이 든다. 나 같은 화이트칼라들은 종노릇 할 수밖에 없는 세상이라는데 생각이 미치자 지금 우리가 누리고 있는 민주주의가 얼마나 좋은 세상인가를 절감하게 된다. 군대 가는 것은 물론이고, 세금 내는 것도 전혀 아깝지 않다. 내가 행복을 누리며 안전을 보장받는 이익이 훨씬 크기 때문이다.

화이트칼라들이여 잘 생각해 보라. 당신들이 소탕해야 한다고 말하는 폭력배 같은 무리가 힘으로 상류층을 차지하고 그 밑에서 하수인 노릇을 하는 모습을 상상해 봤는가? 참혹한 죽음 속에 헤맸던 임진왜란이나 병자호란을 기억해 보시라. 그때의 상류층을 닮으려 하는가. 노블리스만 보이고 오블리제는 어디로 숨었는가. 오블리제 없는 노블리스만 횡횡하면 우리 사회의 미래는 없을 것이다.

돌아오라 오블리제여! 노블리스 곁으로……

# 운명적인 세 번의 갈림길

　사람이 한평생을 살면서 행복하게 사느냐 불행한 삶을 사느냐의 갈림길은 크게 나누어 세 번 있다고 한다. 그러나 이 세 번의 갈림길이 모두 자기 자신의 의지대로 되는 것은 아닌 것 같다. 눈에 보이지 않는 어떤 운명에 의하여 좌우되기 때문이다.

　첫 번째 운명의 갈림길은 태어남이다.

　어느 지역에서 어떤 부모를 만나느냐가 어린 시절의 행·불행을 결정하게 된다. 부잣집인가 가난한 집인가. 행복한 집안인가 불행한 집안인가. 건강한 유전인자냐 병약한 집안이냐. 미국인가 아니면 아프리카의 오지에서 태어났는가. 이것이야말로 자기의 의사와 관계없이 운명이 결정되는 순간이다.

　두 번째 운명의 갈림길은 결혼이다.

　결혼은 잊고 지낸 반쪽을 찾아 일심동체가 되는 것이다. 나머지 반쪽과 어느 정도 잘 맞느냐에 따라 행·불행이 결정된다. 가난해도 행복한 결혼생활이 있고, 부유해도 불행할 수 있다. 지위의 높낮이, 지식의 많고 적음, 명문가인가 아닌가에 결혼생활이 좌우되는 것만은 아니다. 자신의 의지에 따라 결정되는 것이 아니라 두 사람의 조화에서 결정되는 것이다. 다른 한쪽과 조화로운 결혼생활, 이런 경우를 흔히 '천생연

분이라고 하지만 그런 배우자를 선택하는 과정에서부터 운명적이라 할 만큼 자기의 의지와는 상관없이 선택되는 경우도 많다.

세 번째는 어떤 자식을 갖느냐다.

자녀들의 행, 불행이 바로 자기 자신의 삶과 연결되기 때문이다. 어릴 때부터 총명하여 좋은 대학에 진학한 자녀, 결혼한 후에도 부부 합심으로 효심이 지극한 자녀, 성인이 되어서 성공한 삶을 영위하는 자녀가 있는가 하면, 장애를 갖고 태어나 항상 부모를 근심케 하는 자녀, 불량배와 어울려 패싸움을 일삼는 사고뭉치, 사업을 한다고 평생 고생하여 모은 부모 재산까지 탕진한 자녀, 결혼생활이 원만치 못해 집안이 시끄러운 자녀 등, 자식들의 행, 불행에 부모들의 운명도 결정되는 경우를 흔히 접하게 된다. 이처럼 사람들은 주어진 운명 속에 휘몰리게 된다.

그렇다면 나는 어떤 운명 속을 걸어왔으며, 현재는 어디에 서 있는 것일까, 또한 미래는 어떤 운명이 기다릴지 궁금하다.

그러나 '운명이 흐르는 물이라면 막을 수는 없지만 작은 돌 하나 옮겨놓아 물길을 바꿀 수는 있지 않을까.'

# 괴나리봇짐

'인생은 나그네 길 어디서 왔다가 어디로 가는가.'

1990년대 중반 한보 사태를 상기하면서 대중가요 '하숙생' 노래의 한 구절이 떠올랐다. 그렇다. 인생은 확실히 나그네라는 말이 실감 난다. 출발점과 종착점은 확실하나 처음도 끝도 모르고 불확실한 길을 가는 나그네, 그 나그네에게 필수적인 휴대품은 괴나리봇짐이다. 그 괴나리봇짐에는 몇 가지 원칙이 있다.

첫째, 봇짐이 가벼워야 한다. 체력에 따라서는 무거운 짐을 지고도 콧노래 부르며 갈 수도 있겠지만, 짐이 무거우면 허리를 다치거나 어깨가 아파 주저앉을 수밖에 없고 그렇게 되면 주위의 사람에게 피해를 줄 뿐이다.

둘째, 봇짐이 가벼우려면 내용물이 가치 있는 것으로 간단명료해야 한다. 꼭 필요한 물건만 챙겨서 넣고 잡다한 것은 짐만 될 뿐이다.

셋째, 그 봇짐 속에는 정신적 지주가 되어줄 종교나 철학에 관한 책 몇 권은 넣어야 한다. 종교를 믿고 있는 사람은 자기 종교에 맞는 책을, 그렇지 않은 사람은 자기 삶의 철학을 지탱해 줄 서적이어야 한다.

이런 원칙에서 볼 때 가볍지도 않고 간단명료하지도 않으며, 종교나 철학도 없이, 가치 없는 것들로 가득 채운다면 주저앉을 수밖에 없다.

한보를 예로 든다면, 짐이 너무 무거워 자기 자신은 물론이고 자기를 도와준 금융인들이나 공무원 정치인들까지 끌어들여, 무거운 짐을 함께 지려다가 그들마저 파멸의 길로 인도하고 결과적으로 온 국민에게 커다란 피해를 준 것이다.

흔히 자녀나 후배들에게 충고한다면서 한 걸음 한 걸음 차곡차곡 인생을 설계하라고 하면서도, 자신들은 욕심에 이끌리어 큰 낭패를 본 경우가 많다. 자기 힘에 비추어 무거운 짐을 지고 가려는 어리석음, 분수 넘치는 욕심 때문에 인생을 파멸로 이끌고, 주위 사람들에게까지 괴로움을 주는 경우를 많이 보았다.

빚을 얻어 부동산에 과다 투자했다가 원금마저 날리는 경우도 보았고, 신용으로 증권을 매입했다가 주가가 곤두박질치자 빚만 남아 집까지 팔아야 하는 사람도 보았다. 또한, 무리한 사업 확장으로 빚에 몰려 부도를 낸다거나, 세금을 안 내려고 수를 쓰다 세무사찰에 걸려 사업을 포기하는 사장들도 종종 본다. 나 역시 빚으로 증권투자했다가 어렵게 마련한 근린생활 빌딩을 처분한 쓰라린 경험이 있다.

이 모두 나그네가 지고 가야 하는 봇짐의 원칙을 무시하고 자기 체력에 넘치는 것들을 가져가려 한 때문이 아닐까. 우리 모두 유유자적한 나그네의 걸음걸이에 맞는 부피로 짐을 줄여 보면 어떨까.

홀가분하게 줄어진 봇짐을 겸손과 배려, 순종으로 채워, 하늘을 보며 가끔 뜨는 무지개와 반갑게 대화하는 나그네의 여행길이 되기를……

## 작품 해설

# 사랑나무 열매를 기다리며

조재은 (수필가, 전 현대수필 편집장)

주위에 빛을 전파하는 사람이 있다. 자신의 분야에서 거친 길을 헤쳐 벽을 넘고, 긍지와 투지를 가지고 자신에게는 엄격하고 타인에게는 한없이 너그러운 사람. 자연의 힘을 알아 크로노스 시간을 살며, 카이로스의 시간을 주재하는 신에게 무릎 꿇고 간구하며 사는 우당 이윤로. 그의 이야기는 추운 곳은 온기로 녹이고, 그늘 진 이들에게는 밝은 웃음을 찾게 한다.

그의 타인을 향한 손길은 구체적이고 실제적이어서 마음이 시린 사람에게는 위로를 건네고, 꿈을 잃은 사람에게는 다시 한 번 일어나라고 손을 내민다. 내미는 손길이 따뜻하여 그의 이야기가 듣고 싶다.

## 1. 그때의 풍경화

소년은 찌는 듯한 더위도 살을 에는 추위에도 고향 가는 기차가 가슴 떨리고 기대에 찼던 것은, 어머니를 만날 수 있다는 기쁨 때문이었다. 정지 된 듯 가슴에 색인된 그날 기차 안 풍경. 목마름과 갈증의 기억은 다시는 목마르지 않으리라는 굳은 다짐과 함께 타인의 목마름도 모른척 하지 않는 손길이 되었다.

여름날 승객들로 빼곡히 들어찬 기차, 냉방시설이 없는 차 안의 열기는 대단했다.

좌석도 잡지 못하고 비좁은 통로에 서서 차창 밖을 응시하다가 땀을 씻으려 뒤척이던 나의 시선이 꽂히는 곳이 있었다. … 목이 타는 것을 참고 있으려니 목구멍이 뜨거워지는 것 같았다. 그런데 앞에 앉은 아저씨의 손에 든 아이스케키는 먹다가 지쳐서인지 녹아 방울방울 떨어져 기차 바닥을 적시고 있는 것이 아닌가, 그 순간 나의 입은 벌써 그 흘러내리는 얼음 방울을 받아먹을 태세였다.

그 후 나는 여러 장소에서 기차 속의 어린 소년이었던 나를 수없이 보았다. 그때마다 그 시절 겪었던 쓰라린 경험이 떠올라 일부러 눈을 감곤 했다.

― 「뜨거운 아이스케키」


시간이 흘러 여러 경험을 하고 명예와 물질의 풍요에 잠겨 있을 때, 우당은 자신이 쥐고 있는 아이스케키가 어디로 녹아 흘러가고 있나 의문이 들었다. 그리고 어딘가에는 오래 전 자신과 같은 갈증에 목이 타는 소년이 있다는 걸 깨닫게 되었다. 녹아 흐르는 아이스케키의 잔영이 묻어 두었던 가난한 고향 풍경 위에 떠오르면, 아직 끝내지 못한 숙제처럼 가슴을 누르는 무엇인가가 떠오른다.


내가 생후 처음 한 나들이는 어머니와 함께 목포에 간 일이었다. 그곳에 있는 공장에서 도자기를 싼값으로 사서 각 마을을 돌며 소매하는 방식이었다. 목포에서 하룻밤을 지낸 후 무거운 도자기 보따리를 둘러메고 첫 기차를 타려 하자 짐을 못 싣게 하는 역무원과 실랑이한 기억이 지금도 생생하다. 지금 내게도 그 기억이 남아있으니 어머니에겐 평생 지울 수 없는 생채기로 가슴에 새겨졌으리라. 내 작은 어깨가 보시기에 얼마나 애처로웠을까. 내가 건장했다면 조금이나마 보탬이 됐을 텐데.

ㅡ「멀리 높이 날아라」

물질은 부족했으나 우당에게는 세상 어느 어머니보다 아들을 귀히 사랑하는 어머니가 계셨다. 아들은 등짐이 무거워도 어머니가 마음 아플 게 더 신경 쓰였고 어머니는 어린 아들의 아플 등만 걱정 되었을 것이다. 어린 아들과 어머니는 서로 바라보며 자신의 힘듦보다 더한 아픔을 느꼈다. 생의 추위를 견디기 위해 어머니와 아들은 미래를 위해 인내의 옷 한 겹씩 더 껴입었다. '사랑은 연민이 아니라 바로 그 삶의 고통 속에 있다.'

## 2. 멀리 높이 날아라

집 떠나 도시에서 홀로 학업을 계속하는 것은 예나 이제나 어렵지만, 어려움 속에서도 그는 자신을 돌봐주는 어떤 힘을 느꼈다. 보이지 않는 어떤 손이 그를 지켜주고 있는 듯 했다.

장티부스로 어린 남매를 여윈 어머니 몸은 속으로 말할 수 없이 상해 있었으나, 큰 아들의 학업을 위해 전문적으로 치료한번 받지 못하고 온갖 고생 속에 산 어머니. 도움의 손길이 없었던 시기에 어머니를 거의 무료로 돌봐준 의사에게서 우당은 향기로운 삶의 전형을 보았다. 어느 때는 무료로 또는 약값도 안 되는 돈으로 어머니의 생명을 연장해 준 그 의사에게서 사랑의 향기가 났다. 그 향기는 가슴에 남아 자신을 채찍질 하는 물음이 되었다. "너는 어떤 향기를 갖고 있느냐." 이는 미래 비전을 물은 것이기도 하고 자신에게 묻는 철학적인 질문이기도 했다.

어머니의 병세는 급격히 나빠졌다. 운명의 장난인가 신의 뜻인가 그렇게 고대하던 교직에 임명되자마자 저세상으로 가셨으니 회한만 남을 수밖에. 덕진국민학교에 발령을 받고 임지로 떠나면서 어머니와 작별했던 모습. 무언가 불길한 운명 같은 사건이 닥쳐 올 것 같은 예감으로 멀리 서 계시는 어머니를 자꾸 뒤돌아보았던 순간이 뇌리에서 사라지지 않는다.

임종 시 했던 마지막 말씀. "이제 너를 놓아주마. 새처럼 멀리 높이 마음대로 날아라." 왜 자유를 말씀하셨을까? 이 말씀은 현실에 충실하며 희망을 잃지 말고 높은 비전을 갖고 살라는 말씀으로 나를 지탱해 주었다.

— 「멀리 높이 날아라」

어머니의 마지막 말씀인 '멀리 높이'에는 어떤 뜻이 있을까. 귀한 사랑 받고 성장한 우당은 어머니와 함께 했던 추억에만 잠겨 있지 않고 받은 사랑 나눠주어야 한다는 생각을 키우고 있었다. 비전을 현실화 할 멀리 높이 나는 삶을 지금의 자신과 연결 시켰다. 아들은 어머니의 말씀에 따라 고향을 떠나 새로운 길을 찾는다. 새로운 세계로 들어간다는 것은 대립과 충돌과 맞서기를 각오해야 한다. 그러나 타고난 우당의 열정과 긍정적 성격은 그 사회에 적응하며 직업의 전환점을 찾았다.

그는 교직에서 세무 공무원으로 길을 바꾸었고 이 길로 인도된 것은 신의 뜻이라 생각한다. 그의 성격에는 근본적인 겸손이 있다. 그가 겪은 소년시절은 모든 것을 짊어지기에는 어렸고 약한 어깨를 가졌으나 그는 강인한 의지와 땀으로 일어섰다.

몸은 고향을 떠났지만 우당의 마음은 고향을 떠난 적이 없었다. 고향 떠난 많은 사람들이 추억을 떠올릴 때면 조금씩 과장되게 기억한다. 몇 걸음 정도의 시냇물은 꿈속에서 강이 되는 판타지로 변하고, 키를 넘던 높은 담은 지금 허리 정도로 낮아졌다. 정지용의 시어처럼 고향에 돌아 와도 그리던 고향은 아닌 것이다. 고향도 변하고 자신도 변했으니, 아마 우리 모두는 고향에 돌아 왔어도 아직 자신은 고향을 찾고 있다고 말할지 모른다. 성인이 되면 마음의 고향을 잃어버리니까. 어릴 적 고향은 지금 이 세상 어느 지도에서도 찾아볼 수 없게 되었다. 지명도 변하고 이정표가 되었던 마을 앞 느티나무도 베어지고, 비오면 젖은 신발로 물 튀기며 놀던 골목은 시멘트 덮인 현실의 거리가 되었으니까.

학교 가는 길 종오리 마을에 있던 복숭아밭이 흔적도 없이 사라졌다. 탱자나무 울타리 안에 서 있는 복숭아나무는 그 옛날 보기 드문 과일로서 그 옆을 지날 때마다 탐스런 열매로 우리를 강하게 유혹하였다. 동갑내기 정옥이는 힘도 세고 날렵해 탱자나무 가시울타리 뚫고 금단의 열매를 따와 나와 같이 먹다 들키자 숨이 멎도록 도망했는데, ……. 나지막한 뒷산에 오르면 사방팔방 펼쳐지는 보리밭 밀밭. 조그만 바람에도 파도처럼 출렁이는 초록색 물결. 『폭풍의 언덕』 같은 스토리는 없을

지라도 그 속에서 밀 서리, 보리 서리하며 놀던 우리들의 세상……:

찾아올 때는 그리움 가득 찬 마음으로 달려온 고향 우정, 그러나 그립
고 사랑하던 분이 떠나고 공허함으로 가득 찬 초라한 우물.

─「적막한 우물 샘터」

## 3. 열정과 집중으로 걷는 길

우당은 선택한 직업에 감사하며 만족한다. 자신의 직업에 만족하는
사람, 그 사람은 행복의 첫 문을 연 사람이다. 하버드대학교 인생성장
보고서는 행복은 '사랑하고 일하고 어제까지 알지 못했던 일을 배우며
사랑하는 이들과 남은 시간 소중하게 보내는 것'으로 결론짓고 있다.

우당은 그에게 행복을 준 삶의 철학 속에서 '멀리 보는 삶'을 주장한
다. 그는 미래를 결정하기 전에는 신중하고 결정한 후에는 무서우리만
치 집중한다. 엄청난 집중력과 시력을 가진 독수리 같다. 알래스카의
추위에 깃털이 얼어가는 아픔 속에서도 부릅뜬 눈으로 연어를 찾고,
악어의 위협도 감수하며 순식간에 호수 면을 치고 들어가 고기를 낚
아챈다. 엄청난 시력을 가진 독수리도 땅만 보고 모이를 찾았다면 독
수리의 시력은 퇴화되었을 것이다.

그는 또 다른 삶의 길 찾아 전투태세를 갖춘다.

꼭두새벽에 일어나자마자 학원으로 달려가 강의 듣고 아침은 해장국
한 그릇으로 해결한 후 곧바로 출근하고 낮에는 예습과 복습을 하고, 퇴

근 후엔 라면 한 개로 허기를 채운 후 또 다른 과목 배우는 학원으로, 그렇게 꽉 찬 하루를 보내며 1년여를 노력한 결과 단번에 합격하여 소중한 자격증을 갖게 되었다.

군 생활에서도 경험하지 않았던 동상까지 걸릴 정도로 추위에 떨며 힘든 시간을 보냈지만, 한번 떨어지면 다시 1년의 시간을 소비해야함으로 계획표대로 최선을 다한 결과였다.

– 「선택의 기로에서」

무슨 일에든 최선을 다하는 성격은 짧은 시험 준비 기간에 진면목을 보여주어 세무사시험에 우수한 성적으로 합격했고 41세에 했던 깊은 고민과 고생은 지금 80세가 되도록 만족하며 풍요로운 삶을 살게 한 밑거름이 되었다. 우당은 남을 도와주고 싶어 하는 자신의 성격을 깨달은 후, 다른 사람을 대할 때 매사에 유익이 되는 사람으로 살고자 생의 목표를 정했다. 그가 세운 목표는 세무사 사무실 오픈이야기로 충분히 전해진다.

"이 방에 들어온 모든 사람들에게 도움이 되는 사무실이 되게 하소서. 문지방을 나서는 모든 분들이 무엇인가 얻고 돌아가게 하여 주시옵소서."

내 사무실에 오시는 모든 분들께 아무리 사소한 것일지라도 무엇인가 얻고 돌아가게 해야 한다. 만약 잃은 것이 없다 하더라도 얻는 것이 없다면 찾아온 시간만큼 손해를 보는 것이다

– 「稅上(세상) 살면서 복의 근원되기를 」

"나는 도움 주는 사람으로서의 즐거움을 맛보고 싶다"라는 생각은 그가 타인을 대하는 생활 철학이 되었다. 이러한 그의 태도가 40여 년 한결같이 그의 업종에서 상위권에 머물고 있는 까닭이다.

우당은 그가 속한 조직에서 무엇인가 도움이 되는 자취를 남기고자 부단히 노력하고 실행에 옮겼다. 세무사고시회 회장을 맡고 한국세무사회 부회장을 지내며 세무사회에 어떤 도움을 줄까 고심한다. 수도권 중심에서 전국 세무사고시회로 확장하는 토대를 만들었고, 전산세무회계 자격시험을 상공회의소보다 먼저 한국세무사회 명의로 치르게 하여 경제적 이익과 함께 조직의 명예와 위상을 높여 놓았다. 그는 어느 곳에 있든지 선한 흔적을 남긴다.

그 당시 상황은 컴퓨터 보급이 확산되어, 전산으로 장부를 만들기 시작했기에 컴퓨터를 이용한 부기 시험이 필요했다. '전산세무회계' 자격시험이 필요한 시대가 열리고 있음을 간파한 나는 무릎을 치며 이 프로젝트가 성공하면 어마어마한 효과가 있을 것을 예감했다.

상대는 대한상공회의소. 언뜻 보기에는 다윗과 골리앗의 싸움으로 바위에 계란 치기처럼 엄청난 상대가 버티고 있었다. 그렇지만 전산 시험은 이전에 없던 새로운 형식의 시험이기 때문에 한 번 도전해 볼 만한 가치 있는 과제라고 생각했다.

− 「한국세무사회 선물」

리더는 항상 출발점에 있어야 하고 도전을 해야 한다. 그는 어느 자리에 있느냐보다 그 사람이 한 일로 평가 받아야 한다고 생각한다. 그는 또한 리더로서 책임감도 남달라서, 아세아 오세아니아 세무사협회(AOTCA) 사무총장으로 해외에서 열린 협회 총회를 성공적으로 이끈 주역이기도 했다.

영문 원고 외우는 일이 쉬운 일이 아니었을텐데 그에게 포기란 없다. 불가능을 열정과 노력으로 땀 흘리며 가능케 한다. 일할 때 열중하는 모습은 순례자의 모습이 연상 될 정도로 성실하게 임한다.

사무총장 재임기간 중 가장 기억에 남는 것은 2002년 교토총회에서 1000여명의 각국 세무사가 참석한가운데 영어로 사회를 진행한 일이다. AOTCA 총회는 1년에 한번 각 국을 돌며 임원과 회원들이 모여 행사를 진행하는데 그 해 개최국인 일본 세리사회는 막대한 비용이 소요되는 행사임에도 성대한 축제 분위기의 총회를 제안하였다. …… 사회자는 대규모 국제대회여서 영어로 진행해야 함으로…… 담당직원의 도움으로 영문 원고를 쓰고 외우느라 밤잠도 못 잤으나 우레와 같은 박수를 받으며 성공적인 진행을 한 것으로 충분히 보상받았다.

┘아세아 오세아니아 세무사협회(A.O.T.C.A) 사무총장 시절을 회상하며┌

## 4. 나의 꿈을 심으며

어릴 적 어머니 따라 교회에 가면 막연히 느꼈던 어떤 힘. '힘들 때 지켜주고 고통 받을 때 위로와 용기를 주고 교만 할 때 시련'으로 깨우쳐 준 그 순간의 감동. 아무런 대가를 지불하지 않고 주어졌던 가슴 속에 쌓인 보석 같이 빛나는 마음의 편린이 쌓이기 시작했다. 그가 받은 사랑이 마음에 쌓이자 함께 나눌 필요한 곳을 찾고, 자신의 안온한 삶이 있기까지 누군가 험한 바위산에 길 닦는 수고를 한 사람을 떠올렸다. 도움이 필요한 사람을 찾던 중 가장 큰 물줄기를 찾았다. 해외에서 자신의 온 몸과 전심으로 복음을 전하는 선교사였다.

어느 날 신앙이 좋은 딸 통장에서 일정한 금액이 인출 되는 것을 안 부모가 이유를 알아보니 필리핀 선교사에게 헌금 하고 있었다. 그 헌금을 우당은 기꺼이 자신이 감당하며 그곳을 방문하였다.

교회를 방문해보니 십여 년이 지났는데도 재정 상태가 어려운 것을 느낄 수 있었다. 조그만 임시 건물에서 예배드리며 큰 본당을 짓기 위한 기초 터만 다지고 있었다.

본당 건축 문제로 그동안 한국 어느 교회와 투자 상담을 했으나 조건이 맞지 않아 그만두고 다른 여러 곳도 접촉해 봤으나 뾰족한 수가 없어 기도 중이라고 했다. …… "이걸 짓는데 얼마면 될까요?"하고 물었다. "약 2억 정도면 될 것 같네요." …… 귀국 하는 길에 선교사님 손위 누나와 같은 비행기를 타게 되었다……. "가까운 친척 동기간도 후원을 못 하는데 그 좋은 건물을 지어준 분은 누굴까요, 기적입니다. 기적을 봤다 하는 말은 들었지만 정작 내 동생에게 그런 기적 같은 일이 생겼다는 것은 꿈만 같아요."

― 「보이지 않는 손」

위 이야기의 주인공이 우당이다. 극영화는 소설적 허구로 이루어지고 다큐멘터리는 사실적 소재에서 나온다. 다큐멘터리에서는 테크닉이 아니라 사람이 중요하듯 애타게 교회 건물을 기다리는 교회 관계자와 우당의 꿈이 만나며 한편의 다큐멘터리가 이루어 졌다.

한때 잘못된 증권 투자로 가정 경제는 어려운 상황에 이르렀고 우당은 인생 최대 시련을 맞게 되었다. '주가가 조금만 내려가면 파산 당할 상태'에 이르는 생애 어려운 시기가 찾아왔다.

울며 밤새 기도하였다. 그는 벼랑 끝에 서 있었으나 홀로 서서 고민하지 않고 하나님과 함께 있었다. 희망이라는 빛을 보았다. 희망이 있으면 무엇인들 견디지 못할까. 로렌 커닝햄이 말하는 『벼랑끝에 서는 용기』를 결코 포기하지 않아 기적 같은 일이 일어나 회생하게 된다.

하나님이 베푸시는 기적은 편안한 평지에서는 거의 일어나지 않는다. 한발 잘못 딛으면 한 없이 떨어지는 벼랑 끝 고난을 겪은 후 일어난다. 지금도 지구 어느 곳에서는 이 같은 일이 일어나고 있다. 우리가 구해야 할 기적은 떡 다섯 개와 물고기 두 마리로 오천 명을 먹인 기적이 아니고, 굳은 마음이 타인을 향한 연민으로 부드러워져 자신의 것을 나누고 싶은 긍휼의 마음이다.

60세가 되어 우당은 자신의 실존적 자아 찾기에 이른다. 나의 축복의 근원은 어디서 오는가, 내가 누리는 것이 참 행복인가, 나만 행복 하면 되는가, 인생에서 보람된 일은 무엇인가, 행복의 한가운데서 그에게 든 인문학적 성찰이다.

······ 인생은 60부터라고 했고 가장 활발한 연구 업적을 60세 이후에 이루었다고 한다. 나도 회갑이 되는 날부터 새로운 60년을 설계해 본다. 지금까지 살아 온 것과 달리 무엇인가 '이름 석 자' 남길 일을 계획 할 것이다. 이는 일찍 저 세상에 가셨으나 평생 내 가슴에 함께 계신 어머니의 바람이기도 하다. ······ 신은 나에게 무엇으로 어떻게 인도할지 궁금하다

— 「새로운 60년을 향하여」

힘든 일을 겪고 난 우당은 자신이 즐겁고 편안하기 위해 낭비한 것을 주워 모아 되돌리고 싶었다. 60년 열심히 살아온 세월이었으나, 무엇을 가치 있게 남길 것인가. 자신을 위해 채우기보다 비움의 미학으로 시선을 돌리자 먼 곳에 한 길이 보였다.

풍요로운 생활 뒤에 있었던 아픔과 기쁨. 그의 인생 80년은 서서히 한 단어로 압축되기 시작했다. '사랑'이다. '이해받기보다 이해하고 사랑받기보다 사랑하게 하소서.' 성 프란체스코의 평화의 기도와 함께 그는 나누어 주는 마음의 길을 찾았다.

이 새로운 계획은 자손 대대로 이어갈 '사랑나무재단'으로 구체화 된다. 당대에 머물지 않고 후손에게 오랫동안 이어질 재단을 세울 계획이 떠올랐다. 그는 이 모든 것이 자신이 선택한 것이 아니고 보이지 않는 손의 인도라 여긴다.

내가 꿈꾸는 재단은 세계에서 유일무이한 형태의 재단이 될 것이다.

신이 허락한다면 사랑나무재단에서 할 선교헌금은 광야에서 길을 잃

고 헤매는 자에게 도움이 되고 목마른 자에게 한 모금 생수의 역할을 하게 될 것이다. 믿음의 조상 아브라함부터 이삭과 야곱, 그 후손들이 번성하듯 처음은 미약하지만 창대한 재단으로 성장하여 예수님 사랑을 실천하는 빛과 소금이 될 것을 확신한다.

- 「나의 꿈, 사랑나무」

신과 사람의 합작으로 기적이 만들어질 때 쓰임을 받는 사람이 있다.

신은 사람들끼리의 관계가 회복되는 것을 중요하게 여긴다. 자신의 물질을 선교에 내어 놓을 때 우리의 마음은 그들과 함께 있을 것이다. 우당은 운명에 순종적이다. 그 순종 속에는 인간을 향한 것이 아닌, 신을 향한 경외감이 서려 있다.

어떤 조건 없이 멀리 있는 선교사를 보살피는 사람이 있다는 것만으로도 각박한 세상에서 위로 받고 행복하다. 앞으로 '사랑나무재단'이 할 일은 무궁 할 것이다.

## 5. 자유롭게 기쁨으로

수필은 한 인간이 자신의 모습을 직시하며 과거를 떠올리고 미래의 꿈을  그리는 장場이다. 수필을 '고백의 문학' '질문의 문학'이라고도 하는 것은 수필에서 개인적인 일에 대한 언급이 많기 때문이다. 주관적으로 보던 자신을 객관적으로 돌아봄으로 또 다른 자신을 만나기도

한다. '수필은 인간학이다'라는 말은 문학의 어느 장르보다 수필이 작가의 삶과 인성에 밀착되어 있어서다.

그는 또 하나의 시도를 한다. 숫자에 억눌려 몇 십 년 가슴 속 묻어 두었던 숨은 서정의 언어를 찾는다. 지금부터 감성의 문을 활짝 열고 고여 있던 서정의 물 길어 올려 학창 시절 가졌던 문학의 꿈을 펼치려 한다.


'야! 이윤로, 너 뭐 하는 거야 여유를 가져 여유!, 잠깐만 시간을 내서 시라도 한 수 읊어 보는 거야.'

내 가슴속 깊은 곳으로부터 외치는 소리를 느꼈다.

매일 끊임없이 세금 문제를 다루다 보니 돈과 연관되고, 일상 대하는 사람도 숫자와 결부된 경우가 많아서 마음이 삭막해 가는 것은 어쩔 수 없는 일이다.

—「잠깐만」


수필에 필요한 서정성은 소년 시절 목가적 풍경의 고향에서 키워진 품성으로 자연스레 형성되었다. 철학성은 연구하고 몰입하는 타고난 성격과, 직업에서 보인 진실되고 성실함과 함께 수필창작에 밑바탕이 될 것이다. 이런 품성은 또한 Essay의 본뜻인 시도한다는 것과 어울려 늦은 나이에 수필을 시작 했으나 빠르게 달리게 할 것이다. 영국 작가 버지니아 울프는 작가가 되려면 자신의 방을 가져야 한다고 했다. 방은 실제 공간도 포함 되지만, 마음의 심미적 공간도 포함 되는 말이다. 우당에게는 그 심미적 공간은 이미 마련되어 있다.

일상의 모든 체험이 수필이 될 수 있으므로 그의 다양한 체험은 읽는 이로 하여 간접 체험을 통해 의미를 찾게 할 것이다. 그의 성품에는 본받아야 할 점이 많아, 굳이 메시지를 전하려 하지 않아도 저절로 메시지가 강한 수필이 된다. 그는 흔들리지 않는 확고한 철학과 기본적인 창조성을 가지고 있어, 이 점은 수필 쓰기에 강점이 된다.

학창 시절 소설을 쓰려고 『병든 인간』이란 제목까지 정해놓고 다양한 분야의 독서를 했던 문학적 바탕이 있다. 「봄비예찬」을 쓰는 서정성과 어우러진다면 좋은 수필을 쓰는 자양분이 될 것으로 그의 수필에거는 기대가 크다.


그는 인생의 장시간을 달렸다. 100미터에서 1000미터, 이제 42,195 킬로미터 마라톤에 도전하여 경주의 끝에서 월계관을 쓰고자 한다.

우당의 행보는 경쾌하다. 자신만의 지도를 만들어 아름다운 풍경을 그린다. 이제 소년 시절 가슴에 피멍을 들게 한 도자기가 들어있던 무거운 짐이 아닌, 도와 줄 곳이 적힌 수첩 하나 들고 한 걸음씩 신에게 묻고 자기의 신념을 위해 계속 힘차게 걸어 나갈 것이다. 자유롭게 즐겨 부르던 노래 부르며 사회에서 진정한 어른이 어떤 모습인가를 보여줄 것이다.

우당이 지금도 기도하며 꾸고 있는 꿈, '사랑나무재단'이 맺을 열매를 기다린다.

# 나의 꿈, 사랑나무

이윤로 수필집